マドンナメイト文庫

クソ生意気な妹がじつは超純情で

伊吹泰郎

目次

contents

クソ生意気な妹がじつは超純情で

プロローグ

九月の半ばに入っても、日々の暑さはほとんど衰えない。

大学で講義を受けてきた時任健一《ときとうけんいち》は、家へ着いた時点で汗だくとなっていた。

時任家は、彼と妹、さらに両親が、各々プライバシーを守って暮らせる一戸建てだ。

ごく小さいが、庭もついている。

ただ、最寄り駅から都心まで、電車で一時間半近くかかるのがネックだった。

「ただいまー」

鍵を開けて中へ入ると、夕暮れ時の玄関には電気が点いておらず、外の気温に反して、どこか寒々しい。

とはいえ、珍しくはなかった。

共働きの両親はいつも夜遅くまで帰ってこないし、妹は遊びに行っているか、あるいはコンビニで買い物か。

「やれやれ、今日もくたびれたな……っと」

誰も聞いていないのをいいことに、健一は若さの足りない独り言を漏らす。

彼はごく普通の、むしろ平凡すぎることが特徴になりそうな青年だった。

中肉中背かつ地味な顔で、十人ぐらい周りに誰かがいれば、あっけなく埋もれてしまう。強いて《し》特徴を挙げるなら、父親譲りの、常に眠そうな目つきぐらいか。

大学での評価だって、可もなく不可もなくだ。

同性の友人はそれなりにいるものの、異性と付き合った経験は、生まれてこの方、一度もなかった。風俗通いするほどの度胸もないので、キスやセックスどころか、あらゆる性行為と縁遠い。

ともあれ今は、何をおいても自室に入って、クーラーのスイッチを入れたい健一だった。

ドアへ鍵をかけ直したら、踵《かかと》を踏んで靴を脱ぐ。

直後、ロックしたばかりの鍵がカチャリと外された。両親のはずはないし、帰ってきたのは妹だろう。

「う……」

健一は身体が固まりかけた。だが、気を取り直して振り返る。

すると予想どおり、二つ歳の離れた妹である杏珠《あんじゅ》がドアを引き開けていた。

「あれ……あにき？」

杏珠もまばたきしたが、声をかけられるより早く、我へ返って眉を吊り上げる。

「なんでそんなところにいるわけ？　邪魔なんだけど？」

健一の硬直した理由がこれだった。

両親に対しては素直なのに、兄には反抗的になる。

とはいえ、お人好しな兄の例に漏れず、健一は立場が弱かった。

「……俺も帰ってきたばっかりなんだよ」

言い返しつつ、脇へどいてやる。

地味な彼と違って、杏珠は掛け値なしの美少女だ。

こげ茶がかった光彩の大きな瞳は、二重瞼がパッチリした印象を強め、小ぶりな唇は淡い桜色のリップクリームがよく似合う。

身長は平均的ながら、顎がすっきり細いので、全体的にスラッとして見えた。バストはそれなりに大きく膨らみ、腰は健康的に括れている。脚はモデルでもやれそうに長い。

背中まで伸ばした髪は茶色に染めたうえ、端へふんわりカールを付けて、形を整えていた。

明らかに大人びた美貌を自覚した佇《たたず》まいだ。

「ふん」

杏珠は鼻を鳴らしながら、家へ上がる。途中で足を止めて、ピシャリと言い放った。

「シャワーはあたしが先に使うから」

「はいはい」

健一が降参のジェスチャーさながら手を挙げると、不機嫌そうに付け足してくる。

「あにき、いつまでこの家にいる気？　大学生って一人暮らししたがるものじゃないの？」

「……別にいいだろ、家から学校へ通ってたって」

「うん、確かにどーでもいいね。あたしは大学に入ったら出ていくつもりだけど。あにきと違って、早く自立したいし」

「……いや、そりゃ難しいだろ」

健一は嫌味でなく、素で返してしまった。

杏珠は確かに美少女で、何事もそつなくこなそうとしている。しかし、本当は隙が多く、感情の起伏が激しいのだ。

今回も上から目線があっさり崩れ、一歩踏み込んできた。

「なんで？　文句あんの？」

「だって、物は散らかしっぱなしだし、洗濯物のたたみ方だって大雑把じゃないか。あと、一人暮らしになったら、コンビニ弁当ばっかりになるだろ。それから……」

健一は彼女の服装を見た。

上は身体にピッタリ貼りつくキャミソールで、健《すこ》やかなバストの膨らみ具合が丸見えだ。下はデニム地のショートパンツが美脚どころか、お尻の端まで露出させてしまいそうだ。

二の腕や腿の肌は、薄く浮いた汗で、艶っぽい光沢を帯びていた。

「服装だってだらしなさすぎだぞ。変な目で見るヤツが多そうだ」

と、この指摘は健一も言ってから、物わかりの悪い父親みたいだと反省する。

案の定、杏珠は反発した。

「はぁっ？　意味わかんないんだけど！　どうして見ず知らずの相手に遠慮した服を選ばなきゃいけないわけ？　ジロジロ眺めるほうが悪いに決まってるじゃん！」

「世の中には、エロい格好してるほうが悪いなんて、勝手なへ理屈を振りかざす連中も多いんだよ」

途端に杏珠は飛びのき、両手で胸元を隠した。

「っ！　エロいって言った！　妹をエロいって言った！　もうやだ！　あんたみたいに飢えた牡といっしょじゃ、あたし受験に集中できないっ。一日も早く家を出たいって、次の休みになったら、お母さんたちに言うから！」

「……たぶん、父さんたちは俺にも意見を求めるよ。そうしたら、さっき言った理由で反対するからな？」

健一は冷静な口調を心がけたが、杏珠は挑発と受け取ったらしい。

「もういい！　あたしシャワー浴びるっ。もしも覗いてきたら、そのやらしい目をねじり潰す！」

断言して、踵を返した……と思いきや、急にまた方向転換し、気まずそうな顔でドアへ戻る。

「今度はなんだよ」

健一の質問を無視して、彼女は鍵をかけ直した。

防犯のため、帰宅後は必ず施錠するのが、時任家のルールとなっているのだ。

「言えば俺がしてやったのに」

「やだ！　あんた、忘れっぽいとか馬鹿にしそうだから！」

強がった直後のミスだけに、杏珠の目力はいくらか弱まっていた。それを隠したいのか、彼女は洗面所へ走っていく。

露出度過多の後ろ姿を見送ったあとで、健一はゆるゆると脱力した。

こんなに多く二人で会話したのは、二、三週間ぶりかもしれない。

杏珠も根は真面目なので、料理当番は兄と交替で最低限こなしている。後始末の手間を考え、朝晩とも兄妹揃って食べている。

ただし、会話は皆無で、終わった側からさっさと食器を下げるのが常だ。毎日やっていると、胃が痛くなる。

（昔はもっとこう……別人みたいに子供っぽかったんだがなぁ）

仲よくいっしょにゲームをしたし、無邪気な笑顔をこちらへ向けてきた。

悪乗りしやすい面があるから、度を越すスレスレの悪戯にも、しょっちゅう付き合わされたものだ。面白いトリック写真を撮りたいと、二人で手間暇かけて準備したのは、彼女が小学校中学年のときだった。

（今でも友だちとは、そういうノリなのかな……）

先日、街で数人の女子と連れ立っているのを見かけたときは、昔と変わらない笑い方をしていた。

とはいえ、

（この歳で、俺たちがベタベタしすぎはまずいか……）

そうだ。それはとても困る。

――なぜって。

彼女とは血が繋がっていないのだから。

杏珠はこの事実を知らない。

健一の父と杏珠の母が再婚したとき、あまりに幼かった。

いずれは秘密を明かすべきだろう。

しかし、再婚へ至る経緯が家族内で蒸し返されることも、事実を教えられる他のきっかけも、今日まで全然なかった。

（あいつの言うとおり、俺が家を出るべきなのかなぁ）

杏珠は生意気で、世間知らずで、だからこそ、放っておくには危なっかしい。もうちょっと落ち着くまで、親元で生活するほうがいい。

ただの兄なら、こういう心配は家族の情だけで片付いた。

なのに、自分はそうならない。恋とか愛とかではないと思うものの、際立つ美少女ぶりを、異性目線で見てしまう瞬間があるのは事実だった。

ましてさっきのように、「飢えた牡」だなんて言われると、血の繋がりがないことを実感してしまう。

まあ、それも健一の勝手な言い分ではあった。

年頃の妹なんて、たいていあんな感じだろう。

直すとすれば、自分の心情だ。

だが、変にこじれた状態から、果たしてどうすれば矯正できるのか。

（参ったよなぁ……）

健一は頭を一振りして、手洗いとうがいのために台所へ向かった。

杏珠はシャワーを浴びると言っていた。洗面所は脱衣所を兼ねているから、入ればまた何か言われてしまう。

＊

（馬鹿！　バカあにきっ！）

バスチェアに座り、ボディソープ付きのスポンジで全身泡だらけになりながら、杏珠の兄への不満は消えなかった。

自分の気持ちがいつから軋みはじめたかなら、はっきり覚えている。

発端は、子供がどうして生まれるのか、保健体育の授業で学んだときだ。

兄妹では絶対アウトな行為があると、そこで知ってしまった。

もちろん、健一との間に子供ができないことぐらいわかっていた。でも、それは結婚しないため程度に考えていた。

──生まれたときからいっしょにいるだけに、どんな恋人より近い関係だもんね！

その気になれば、結婚以外は全部できるし！

デートだって。なんだったらキスだって。

そんな未熟な確信を、一発で打ち砕かれたのだ。

誰にも言えない葛藤の末、杏珠は健一と距離を置こうと決めた。

にもかかわらず、兄を遠ざけようとするたび、気持ちがささくれだつのだ。

最近は顔を合わせるだけで、胸が苦しく、イライラが募った。

(お節介あにき……っ。これだけ困らせてるんだから、そっちだってうんざりでしょっ。無駄に面倒見がいいとか、もうやめてよ！)

もっとも、彼女の胸を焦がすのは、尖った激情だけではない。

健一と長く話したあとは、息苦しさとこそばゆさが身体の芯にわだかまる。

たとえば、今日みたいに……。

こんなときどうすれば治まるか、杏珠はすでに知っていた。

(あいつ、来ないよね……? ううん、来たって関係ないけどっ……)

浴室のドアには鍵を掛けてある。変な気配を感じたら、大声で追い返せばいい。

だから、絶対見られない。

そうやって自分へ言い聞かせたら、スポンジで包むように小さな右乳首を撫でた。

途端に神経が妖しくムズついて、しゃっくりみたいな声があがる。

「は、やっ……んんぅっ!」

右側の次は左の乳首もなぞった。

「んっ、ふっ……うぅくっ! やふっ、ぁぁぁっ……!」

不安定な前かがみになりかけながら、また右に戻り、続けて左に移る。

弄《いじ》るほどにどちらの突起も硬くしこり、感度だって増していく。

そのうち、胸と離れた秘所までもどかしくなるものの、そちらをまさぐる決心までは持てなかった。だから毎回、太腿を擦り合わせてごまかす。

刺激が極端に強くならなくても、しばらくこうしていれば、いずれ歯がゆさから抜け出せる。

「これは……んっ、念入りに洗ってるだけ、だし……っ」

兄を思いながらの自慰なんて異常に決まっている。だから毎回、虚しい言い訳を繰り返した。

「や……やぁうっ……あたしぃ……あにきなんて大嫌いっ、なんだからぁ……！」

杏珠は疼きが去るまで時間をかけて、後ろめたい身じろぎを続けるのだった。

こうして今日も……。

時任家の兄妹二人は、不器用にすれ違いつづけている。

第一章　濡れそぼった処女の秘唇

杏珠とたまたま玄関で顔を合わせてから、三日後の日曜日。

健一は夜、自室のベッドに寝転がって、漫画を読んでいた。

昼は相変わらず暑いものの、陽が沈めば、ある程度マシになる。少し前まで、深夜だろうと熱中症になりかねなかったから、少しずつ秋が近づいてきているのだろう。

とはいえ、不快な湿気は失せていない。

健一の出で立ちは、シャツに短めのパンツという適当さだった。

(……男はこれでかまわないんだから、不公平っちゃ不公平か……)

あのとき、服装の件で杏珠を怒らせたのを振り返る。ただ、この格好で外出しようとは思わないが……。

そのとき、ドアをノックされた。続けて、実父である省吾《しょうご》の声がした。

「健一、ちょっといいか？」

「何だよ、父さん？」

健一は立ち上がって、ドアを開けた。

省吾はとある企業の研究所で働く根っからの理系人間だ。猫背で、やせた顔に眼鏡をかけて、常に眠そうなしゃべり方をする。

その父が、珍しく戸惑い気味に聞いてくる。

「健一……お前、杏珠と喧嘩したか？」

「喧嘩？」

常に冷戦状態だし、今さらそんなこと、するまでもない。

怪訝《けげん》な表情の息子に、省吾は頭を掻いてみせた。

「杏珠が突然、一人暮らししたいと言いだしたんだよ。理由を聞いたら、お前と住みたくないとかなんとか」

「あぁ」

健一も合点《がてん》がいって、先日のやり取りを話した。

「……ってことがあったんだよ、あいつと」

「なるほどなぁ。まぁちょっと来てくれ。美穂《みほ》さんもいっしょだから」

〝美穂さん〟は杏珠の実母、つまり健一にとって義理の母だった。

仕方なく、健一は省吾について、リビングへ入る。

見れば、ローテーブルを挟んで、杏珠と美穂がソファに座っていた。

杏珠はボーダー柄の半袖シャツと短パンの組み合わせだ。

やや項垂《うなだ》れながら、張りがある太腿の付け根で手を握る。その仕草だけで、一人暮らしを反対されたのだとわかった。

一方、美穂は品よく小首をかしげている。

杏珠の母らしく、彼女は四十歳過ぎながらも、美人で若々しい。スタイルなんて娘よりグラマラスだ。

しかも、仕事は省吾と同じ企業の管理職とくる。

才色兼備の美穂が、どうして冴えない父と結婚したかは、健一の人生における最大の謎だった。

とはいえ彼女も、今は一人の母として、困ったように健一たちを見上げてくる。

その妻へ、省吾が話しかける。

「とりあえず、杏珠がどうして家を出たがっているかはわかったよ」

あとは、先ほどの話の繰り返しとなる。

「……じゃあ、健一君も杏珠ちゃんの一人暮らしには反対なのね？」

義母に聞かれ、健一は頷《うなず》いた。

「こいつだって分担した家事だけはこなしてるけどさ、全部を一人でやるのは、まだ無理でしょ。受験勉強に身が入らなくなるって」

「そうねぇ」

途端に杏珠が声を荒げた。

「必要になれば、ちゃんと全部できるから！　まあ……あたしのクラスでも一人暮らしを始めた子なんてまだいないけどっ……でも、大学生になれば普通でしょっ？　他よりちょっと早いだけじゃない！」

「だけどね、一人暮らしって、相応の理由のある場合が多いのよ？　杏珠ちゃんの歳だと、二、三歳の差がすごく大きいし……。大学生ってすごく大人に見えない？」

「見えないっ！　あにきなんかより、あたしのほうが規則正しく生きてるもん！」

「そう思う？　ちゃんと私の目を見て言ってね？」

「うう……っ」

母に太刀打ちできない杏珠は、代わりに兄を睨《にら》んでくる。

ここで自分も一人暮らししたいなどと健一が言ったら、よけいに場が荒れそうだ。

そのとき、美穂がポンと手を打った。

「こういうのはどうかしら。杏珠ちゃんが一人暮らしできるかどうかは、帰りの遅い私たちより、健一君が判断しやすいでしょう？　だから、健一君に採点してもらって、大丈夫だと思えたそのときに、また全員で相談するの」

「え、えええっ!?」

杏珠が身を乗り出した。

「待ってよ、お母さん！　こいつが公平に判断してくれるはずないじゃない！」

「大丈夫よ、健一君なら。それにＯＫって結論が出れば、大学生になる前から、夢の一人暮らしを始められるわよ？」

「え、それ、は……」

杏珠は早々と勢いを失う。

その機を逃さず、美穂が健一へ微笑んだ。

「……というわけでしばらく杏珠ちゃんを見守ってあげてね？」

妙な成り行きだが、ここは頷くのが一番だ。

「あぁ……了解」

彼の気の抜けた答えで、話はいったんお開きとなった。

健一が自室へ戻るとすぐ、スマホに杏珠から電話がかかってきた。

無視したいが、相手をしなければ、あとでもっと面倒なことになる。

だからスマホを充電器から外し、ベッドに寝転がったままで、通話アイコンをタップした。

途端に聞こえきたのは妹の怒鳴り声だった。

「ヒッドイじゃないっ、クソあにき！」

健一は思わず、スマホを耳から遠ざけた。

「しょうがないだろう。俺が意見するまでもなく、父さんも母さんも、まだ早いって思ってたんだよ」

「だからって、あたしの未来をあんたに握られたとか、めちゃくちゃ屈辱なんですけど！」

「おおげさだなぁ。お前は最低限、身の回りのことをできるようになればいいんだよ」

「今だってやれてるから！」

「だったら、もうちょっと頑張ればいいだけだって。俺は正確なことを母さんたちに伝えるだけだからさ」

健一はなだめ口調を心がける。

すると案外早く、杏珠の声のトーンが落ちた。

「……つまり、あんたが折れれば上手《うま》くいくってことね」

「え？　なんだって？」

最後のは半ば独り言だったのかもしれない。

聞き返したときには、もう通話は切れていた。

（……勝手なやつめ）

健一は呆れながら、スマホを充電器へ戻す。そろそろ寝ることにして、天井の電灯を消した。

このときは、杏珠が『あんなこと』をしてくるなんて、まだ夢にも思っていなかった。

翌日には父も母も、出勤が早くて帰りが遅いふだんのパターンに戻っていた。

だから、朝食は杏珠と一対一だ。

その気まずさといったらなかった。

空気はふだん以上にギスギスし、妹の軽い咳払いだけで、健一は身構えてしまう。

さすがに夜もこれでは身が保《も》たず、晩飯は一人、駅前の定食屋で済ませた。

いちおう、外食する旨は昼の内に杏珠へメールしたが、返信はなしだ。

まだ怒っているのだろう。

とはいえ、帰宅しないわけにはいかない。

「ただいまー」

玄関へ入ると、今日は照明が明るく、沓脱《くつぬぎ》に妹の靴があった。

（あいつ、もう帰ってるのか……）

それを確認しながら、少し眉根を寄せる。

涼しくなってきたようでいて、動くと生暖かさが絡みついてくる晩だ。

健一はシャツがべたつくのを感じつつ、階段を登って、自室の前まで来ると、そのままドアを開けた。

「お前……何やってんの？」

部屋には煌々《こうこう》と電気が灯《とも》り、ベッドへ腰かけた杏珠が、何やら熱心に大判の本を読んでいた。

健一は問いかけながら、その実、ゴクンと唾を飲みそうになる。

杏珠が部屋へ来るなんて、数年ぶりだ。

しかも服装は子供のときと違い、胸の丸みが目立つノースリーブのシャツに、むっちりした太腿を露出させるショートパンツときている。

声をかけられた杏珠も、ピクッと動きを止めてから、気持ちを整えるように深呼吸した。

そのうえで健一へ視線を投げかけた。

「………帰りが遅い」

低い声だった。

そのくせ、目つきは敵対的なだけでなく、不思議と潤んでいる。

健一は強まる動揺を隠し、部屋へ踏み込んだ。

「なんだよ、外で食べてくるって、メールしといただろ……っ」

言い返しながら、肩にかけていたバッグを床へ置く。

そこで義妹に訪問される理由なんて、一つしかないと思い至った。

「ああ、一人暮らしの件で相談か？　とにかく、勝手に部屋へ入るのはやめてくれよ。お前だって、俺が同じことやったら激怒するだろ」

話すうちに、やっと気持ちが落ち着いてくる。

そんな兄の前で、杏珠はゆっくり立ち上がった。

「あたしがしたいのは、相談じゃなくて、交渉。まさか、こんな大きいネタまで見つかるとは思ってなかったけどね」

そう言って、本の表紙を兄に向けた。

途端に鎮まりかけていた健一の心臓が、喉から飛び出そうに大きく弾む。

「お……おまっ……それって！」

妹が読んでいたのは、健一愛用の写真集だったのだ。

内容はマニアックで、女性が手錠で拘束されながら秘所へ異物を挿入されていたり、ローションによって全身をヌルヌルにされていたりするやつだ。

しかもすべての場面に、チア衣装やボンデージといったコスプレ要素まで付いている。

これで杏珠が、迫力と艶めかしさを一度に発散している理由がわかった。

華やかな見た目なのに、彼女はまだ恋人がいないらしい。男の欲望をろくに知らないなら、こんな過激な写真集など毒そのものだろう。

とはいえ、兄へ切り込む口調は、すっかり鋭くなっている。

「ねえ、あにき？　こんな本で悦ぶド変態が、あたしを評価しようなんて、ふざけてると思わない？　わかったから、監視役なんて辞退して。あたしのことは放っておいてよ……！」

だが健一も、驚きのあとで怒りが湧いてきた。

勝手に部屋を漁《あさ》られ、違法でもない秘密をネタに、理不尽な攻撃を受けているのだ。今まで我慢してきた鬱憤が一塊となり、羞恥心も、頭へ血が昇るのをあと押しする。

「そんな話に乗れるかっ。返せって！」

「きゃ……っ⁉」

健一が腕を伸ばすと、杏珠も写真集をかばって、すんでのところで身をかわす。だが、強気な態度は霧散して、腰もすっかり引けていた。

「ちょっと、ちょっとちょっと！　目が怖いんだけど！」

「いいから返せっての！」

「ひゃっ⁉」

二度目の突進も避けられた。しかし、健一の優位は揺るがない。

杏珠の背後にはベッドと壁しかないし、両手を広げれば左右の逃げ道もほぼ塞げる。

今度こそ捕まえる！

さらなる意気込みで飛びかかった健一は、完全に勢い余ってしまった。

足がもつれ、前にのめり、ぶつかった杏珠の柔軟さを感じるゆとりもないまま、二人でベッドへ倒れ込む。

「どわっ!?」

「や、やぁあっ!?」

マットレスの弾力で受け止められて、やっと健一も暴走に歯止めがかかった。むしろ、頭が一気に冷えて、反動でピクリとも動けない。

下を向く彼の両腕の間に、杏珠は挟まれていた。

仰向けで、凍りついた顔で、呆然とこちらを見上げている。

「あ、すまん……」

健一は謝るものの、まだ正常な判断力を取り戻しきれていない。

早くどかなければ……と理性が叫ぶのに、眼前の慄く表情から、意識をよそへ移せなかった。

杏珠はいつになくか細く見えて、ほんの微かに兄と触れ合う二の腕が、蕩けそうに儚げだ。

血の繋がりがないこいつを……俺はやっぱり……。

禁断の想いを自覚しかけたところで、消え入りそうな懇願が耳へ届く。

「お、お兄ちゃんっ……あたし……やだよ……っ」

「あっ……！」

健一は慌てて飛びすさり、直後、股間にズボンの圧迫を感じた。

「つうぅっ!?」

自分でも気づいていなかったが、妹の上で前かがみとなった短時間のうちに、ペニスが隆々と勃起しはじめていたのだ。

しかもこうなれば、杏珠に見つかってしまう。

強張《こわば》っていた彼女の顔に、みるみる赤みと表情が戻った。

「バ……バカ！　どクズ！　妹を押し倒して発情するとか最低！」

恐怖を払いのけるように、杏珠は支離滅裂に叫び、瞳の端を涙で濡らす。

「あたしより先に、あんたが家を出てってよ！　キモあにき！」

最後にそう言い捨て、脱兎《だっと》のごとく、部屋を飛び出していった。

「あ……ぉ……」

おい、と呼び止めたかった健一だが、声が喉に引っかかっている。

弁解なんてできない。事故とはいえのしかかり、勃起し、身の危険を義妹に感じさせたのだ。

となれば、たった今言われたように、

(やっぱり俺が家を出ていくしか、ない……か……)

健一は自己嫌悪に打ちひしがれた。

もっとも、断片的に感じた義妹の繊細さも、動悸混じりの火照りによって、問答無用で脳へ焼きついているのだった。

＊

自室へ駆け戻った杏珠は、ノブの鍵を後ろ手にかけて、ドアへ寄りかかった。

心臓はバクバクと忙《せわ》しく鼓動を打ち、とても冷静でいられない。

身体も震えはじめ、力なく床へ尻を落とす。

(あ、あにきの……アレ……おっきくなってた……っ)

あそこがああなったということは、自分を犯したいと、ちょっとぐらいは思ったということだ。

(嘘っ……！　ま、まずいってば！　兄妹なんだもん、あたしたち……！)

いつもとは比較にならない、危険な想像が打ち寄せてくる。

今夜はもうお風呂に入れない。あいつがいたら、裸になれない。鍵をかけたって、きっと無理やり破られる。

そのときになって、杏珠は下品な写真集を手にしたままだと気づいた。

「いやっ!」

慌てて床に投げ捨てる。

弾みで真ん中辺りのページが開くと、写っていたのは犬耳のヘアバンドと首輪を着けた若い女性だ。

彼女は杏珠と同じ茶髪で、身体つきも似ていて、媚びるような笑みを浮かべながら、こちらへ尻を向けていた。自らの手で丸っこい双丘を拡げたうえ、プラスチックかゴム製らしいピンクの棒を肛門にズッポリ埋められている。

作り物のホラー映画なんかより、ずっとエグかった。

(気持ち悪い! 気持ち悪いっ……! あにきの変態! お尻だなんて何考えてんのっ⁉)

しかし振り返ってみれば、彼に怒鳴られたのも、手を上げられたのも、生まれて初めてかもしれない。

杏珠は両手で膝ごと身体を抱きかかえて、目も伏せた。

ただ、己《おのれ》の殻へ閉じこもるうちに、気づいてしまう。

自分は今、心の隅で兄が様子を見にくるのを望んでいる。

それできちんと謝れば……、

(許してあげないこともない、のかも……)

己がやらかしたことを棚上げして、そう考えた。

だが、今後どう振る舞えばいいのだろう。

健一があれだけ怒ったということは、きっと女子の自分が考える以上に、見られたくない本だったのだ。

(それを持ってきちゃったんだ、あたし……)

視覚を閉ざしているのに落ち着かず、少しだけ顔を上げると、写真集がまた見えた。

きっと健一は夜になると、これを使って、男のアレをしごいてきた。写真の女を熱っぽく見つめ、彼女の秘所やお尻へ深く貫くつもりで……。

(ば、ばかっ！　童貞あにきっ！　こんなのより、あたしのほうが可愛いでしょっ？って……だからどうだってわけじゃないけど……っ！)

そういえば本の中には、挿入へ至っていないものも多かった。

ペニスそっくりの道具で秘所や肛門を犯される場面は半分ぐらいで、残りは口で咥えたり、胸に擦りつけていたりしていた。

（……そういうのなら……痛くなさそうだし、兄妹でやっても赤ちゃんできない……よね……？　いや、やらないよっ。でも……）

写真に載っているような衣装をまとい、ペニスを胸で挟んであげると申し出れば、兄はどんな顔をするだろう。

さっきは杏珠が部屋にいただけで、頼りなく目を泳がせたのだ。

幼かった頃は、よく兄をからかって遊んでいた。

（あれをグレードアップして色仕掛けにしたら……あたし、さっきみたいに押し倒されちゃうのかな……）

そうなれば、冗談だったなんて喚いても、きっと通用しない。

服を破られ、身体中を好き勝手され、最後に太くなったアレでお仕置きされてしまう。

際どい場面を思い描くうち、さっきよりもっと呼吸が乱れだした。

「ぁ……ん、ふっ……んんっ……」

どうかしている。

こんなの歪《いびつ》だ。

杏珠は両手へ力を込めて、妄想へストップをかけようとした。

だが、健一の好きなプレイ内容がわかり、のしかかられる感覚を覚えたばかりでは、効果なんてない。むしろ、摑んだ腕に鳥肌が立った。

(あたしっ……あにきと一線を越えたいとか考えてるわけじゃないからっ……。ただ、あいつが悦ぶことをしてあげれば、いい評価だってもぎ取れそうだし……っ、交渉っ、あたしが考えてるのは交渉の方法!)

口実を並べながら、杏珠はおもむろにシャツをたくし上げる。

緩んだ裾から背中へ腕を回し、ブラジャーのホックをプチッと外した。ズレたカップと身体の間へ、両手を差し入れた。

フニュリッ──指先が当たるだけで、バストの縁は従順にたわむ。

今から始めるのは「交渉の練習」だ。飛びかかってきた兄の顔を思い浮かべ、彼を惑わす過激なことに、もっと身を慣らしていく。

シャツと下着のかぶさる膨らみ二つを、杏珠はいつもよりしっかり摑んでみた。

心がけるのは、男子がやりそうな強さだから、ちょっとだけ痛い。

それでも細い十本の指を、丸みの根元から先端寄りまで巻きつけて、規則的なリズムでほぐしはじめた。

「は、ぅうん……！」

そこそこ大きな杏珠のバストは、彼女自身の手に収まりきらない。指が届かない部分は、押されたのと反対側にはみ出る。

もっとも、圧迫を緩めれば、元の愛くるしい曲線が復活だ。

そこをまた揉む。圧《お》す。ムニュッ、ムニッ、ムニッ。グニュッ！

「ふはぅっ！　あ、あにき……ぃ……あんまり乱暴にしちゃ……駄目なんだからねっ……」

途中で興奮が醒めないように、わざと声を出すと、そこにいもしない健一へお手本を示す気分になった。

肌の痛みも次第に和らぎ、代わってむず痒さが増す。

しかも、乳肉の柔らかさと弾力は、女性からしても魅惑的だ。その甘い接触を、うっすら浮いた汗が、より官能的なものへ変えている。

「あぁ……んっ……こういうやり方もっ、いいかも……っ……」

呟きながら横を見ると、カバーを外したままになっていた大きな鏡に、自分の痴態が映っていた。

「あた……しっ……やっ、やだ……ぁっ……！」

頬も予想以上に赤らんでいるし、瞳だって悩ましげに煌めいている。

何より、上体を前へ傾けた姿勢があられもない。

だが嘆くような声を揺らしつつ、指の蠢きは止まらなかった。

むしろ背徳感を踏み台に、尖ってきた乳首をきつく摘まむ。

「は、くぅうんっ！」

格段に上がった快感は、まるで微電流を流されたみたいだ。

杏珠は綻《ほころ》びかけの唇を反射的に結び、高い喘ぎを呑み込んだ。

健一の部屋との間には、両親の寝室がある。防音性もしっかりしているから、多少の声は聞かれないはずだ。

それでも、兄の耳を思うとセーブしたい。

ただ不思議なことに、乳首はいよいよ感じやすくなってしまった。

まるでもう一人の自分が中にいて、こちらは健一へ披露したがるかのようだった。

「は、う、うっ！　あにき……い、こんなの聞いちゃっ……だめなんだからぁ……！」

杏珠は痺れる二つの突起を、縦長に伸びるほど引っ張った。あるいは母乳を搾り出すように、連続でしごいたりもした。

ここまで多くのやり方を試したことがない。しかし、どう弄《いじ》っても突起は疼き、もはや痛みまで快感の一部となっている。

当然、伸縮性のあるシャツも、大胆な手つきの形にモゾモゾ持ち上がっていた。

「んぁふっ、やっ、ぁ、ぅうんっ！　乳首っ、取れちゃいそ……なのにぃ……！

あたし、この感じ……す、好きぃっ……！」

華奢な肩を波打たせ、杏珠は写真集を再度見下ろす。

犬耳コスプレの女は、尻に異物を突き立てられていることが、いかにも嬉しそうだ。

「あ、あたしだって……あにきが言うことを聞いてくれるなら……ん、んぅうんっ！」

杏珠は腰を浮かせ、中途半端な膝立ちに姿勢を変えた。

それは自分の尻穴に触るためだ。

左手はバストに残し、右手だけをシャツから抜く。

指はかなり強張っていたものの、血が滾《たぎ》っているため、動きに迷いがない。

ショートパンツのボタンとファスナーを外した杏珠は、子供っぽい水玉模様のショーツ越しに、ヒップの右側を摑んでみた。

「やふ……っ！　うぁうう……く、ぅんっ！」

彼女の丸みは適度なボリュームで、表面にあるのも瑞々《みずみず》しい張りだ。それでいて、内に乳房と近い柔軟さがある。

だから、マッサージされるような充足感が広がっていくのもいっしょだった。

「あっ……い、意外に……悪くない……かなっ……」

そう言って、自分を納得させる。

とはいえ、これはまだ始まりにすぎない。

本命はひっそり息づく排泄のための穴だ。

「んぅっ！」

杏珠は思いきって、ショーツに手を入れた。

肌へ直に触れると不安も強まるが、そのまま双丘の谷間まで進む。

「ぁ……んっ！　ここ……をっ……くぅふっ！」

触れてみれば、穴周りの皮膚は、想像以上に脆《もろ》そうだった。

きっと見えないところで無数の皺《しわ》を作り、中央に向かってすぼまっているのだろう。

それにちょっと圧《お》しただけで、肌が粟立つほどくすぐったい。

続けて円を描くように圧迫するや、秘所の髄まで悩ましくなった。

連動して左手に力が入り、乳首を乱暴に潰してしまう。

「やっ！　ひゃうっ！　んやぁふぅっ⁉」

神経の捩れそうな衝撃に、意識を焼かれた。

こんなのやっぱりまともじゃない。

しかし、わかっていても指が動いてしまう。秘所にも強い刺激が欲しくなってきた。

今日まで自分で禁じてきた割れ目弄りだったが、もう我慢できない。

杏珠はわななく左手を、バストからショーツに移動させた。

水玉模様の下へモグラみたいに潜り込ませると、指を一息に大事な場所まで滑らせる。

陰毛が残っているとセックス本番で相手が萎えるらしいと友人から聞いて以来、毛は一本残らず剃るように心がけていた。

だから、何の邪魔もなしに、軟質な恥丘を手の先で感じ取れる。

クチュリ！

「んっ、ぁうっ！　あにき……い……っ！」

大陰唇はすでに濡れそぼっていた。そのヌルつき具合は、性別関係なしに劣情を呼ぶ卑猥さだ。

しかも押すや否や、ぷっくり盛り上がった肉の合わせ目が開き、小陰唇までが、嬉々として中指の腹を迎え入れる。

ただし、素直さと裏腹に、爆《は》ぜるような痺れは強烈だった。

「や、うぅ、うぅうんっ！」

脳天まで届くショックに、杏珠は美貌を引き攣らせてしまう。

「やっ……あ、あたしっ、どうなってぇっ⁉」

腰もカクッと折れかけた。

それでいて、指は勝手に動きだす。割れ目に沿って上下して、擦る場所すべてを燃えるように疼かせはじめる。特に、切っ先が膣口へめり込んだ瞬間など、目の前で白い星が無数に瞬いた。

「は、や、やぁあっ！　だめっ、これ……ぇっ、どこまで行っちゃうのぉお……っ⁉」

このままだと倒れそうだ。そうならないためには、写真の女みたいに、上体を床へ置くしかない。

突っ伏しながら尻だけを掲げた惨めな姿勢だが、兄を想いながら行為を続けるためには仕方なかった。

「あ……ぅ、くううんっ！」

杏珠は子犬のような声を漏らしつつ、お腹の力で踏ん張って、上半身をノロノロと下ろす。

「んやぁあ！」

床に頬を擦りつけ、美乳を自ら圧迫し、乳首にかかる重みでむせび泣いた。

とはいえ、身体は安定し、開き直った気分になれる。

ここまで恥知らずな格好になってしまったら、躊躇《ためら》っていても意味がない。

「ふ……あっ、ケダモノあにき……ぃっ！　あたしだってっ、これぐらいできるんだから……ね……っ！」

頭に浮かぶ健一の顔を情欲の燃料に、杏珠はいっそう性感帯を捏ねくりだす。

グチュグチュ、ヌチュヌチュと粘っこい音を奏でれば、湿った甘酸っぱさが、高い鼻へツンと届いた。

匂いに慣れていてこれなら、実際はもっと濃い性臭が、室内へ充満しているのだろう。

とはいえ、処女膜や直腸粘膜を傷つけるのが怖くて、まだ二つの穴の中へは指を突っ込めない。

感じるほどに、もどかしさも高まってしまう。

「あっ……んやぁあっ！　だ、だめぇえっ！」

気持ちいいのに、焦《じ》れったい。

むしろ、触れずに我慢していたときより、満たされないのがつらくなった。

潰れた乳首を床へ擦りつけても、まだ足りない。

淫らな二律背反に急かされて、杏珠は愛液をまぶした人差し指で、陰核の包皮を剥いた。

やってみたことはないものの、そこに最大の性感帯があるのは、友人から教えられている。

あとはあらわにした突起を指の腹で撫でた。

途端に、どう頑張っても届かないと思えた切なさを、快感が飛び越える。

「ひ、ぃぐぅうぅふっ⁉」

とても痛くて、涙が出そうになる。

だが、愉悦のほうがもっと大きかった。

クリトリスはすでに刺激を待つばかりとなっていたのだ。

「ひはぅうぅんっ！」

そのまま人差し指で極小の丸みをなぞりつづければ、凶悪な悦楽が渦を巻く。

中指にも勢いがついて、小陰唇を押しのけながら、貫通せんばかりに膣口を小突きはじめていた。こちらもまた、初々《ういうい》しい痛みと、感性をふやけさせる悦楽が増大した。

「はひっ！　ひっ、やっ、ぁっ……これじゃあたし……おかしくなっちゃう！」

何かがこみ上げてきて、花火のように弾けそうだ。

それが話に聞いた絶頂の前触れであると、杏珠は直感的に理解した。

「イ……クぅうっ？　あたしっ、ぃ、ひっ！　イッちゃうっ、のぉおっ!?」

きっと訪れるのは、怖いぐらいの快楽だ。

そこへ追い討ちをかけるのが、排泄孔の背徳的な気持ちよさだった。

こちらの指も、出口のすぼまりを上下左右へ捏ねている。

中までは入れていないため、痛みはなくて、むず痒さだけが肥大化する。

むしろ、弄ったぶんだけ物欲しくなり、それを埋めるために、クリトリスを引っかいてしまう。

いっそうきつい疼きが炸裂した。

「あぁあっ！　あたしっ……お尻がバカになっちゃうっ……やっぱりここはっ、しちゃだめな場所っ……だったんだよ……ぉおっ！」

膣口も菊門も小さすぎて、ズボンを盛り上げるほど太いペニスが入るなど信じられない。

それでも、杏珠は健一に来てほしかった。

「あにきっ、んやっ……ぁああふっ！　あにきっ、あにきぃっ！　あたしっ……我慢できないよぉおっ！　あにきじゃなきゃっ、嫌なのぉぉっ！」

仕上げに、摑みかかってくる健一の獰猛《どうもう》さを思い出した瞬間、身体の前と後ろで、特大の肉悦が爆ぜた。

その熱量は、稚拙な彼女が行き着けるエクスタシーとしては最大級だ。

「ふぁやぁあっ！　お、お兄ちゃぁぁあんぅうふっ！」

伸びをするように、背筋を突っ張らせて、床へ頬ずりする。掲げた尻の痙攣で、肩まで不規則にビクッビクッと揺れた。

そんなふしだらな格好のまま、しばし息を荒げつづける。

（あ、あたし……お兄ちゃんって呼びながらイッちゃった……）

解放感が凄かったのは、封じてきた気持ちをぶちまけたゆえかもしれない。

そう認めると、浮遊感がまた膨らんだ。

杏珠は唇をだらしなく開き、虚ろな目つきで、昇天の余韻に浸る。

同時に現実的なことも、脳裏をよぎった。

（……あとでお風呂、入らなきゃ……っ）

ショーツの中はぐしょ濡れで、全身に霧吹きを使ったような汗が浮いている。このまま寝たら、明日まで匂いが残ってしまう。

さっきは兄が来そうだから、浴室へは行けないと考えた。

しかし、もう気にならない。懸命に保ちつづけた拒否感は、呆気なく霧散していた。

家族で縁を切れない以上、これからも恋慕は残りつづけてしまうだろう。

（でも、赤ちゃんができない方法とか、いろいろわかったし……）

聞き分けの悪い妹を装って迫れば、健一はきっと罪悪感を持たずに済む。鈍いから、こちらの恋心にも気づかないはずだ。

自分が家を出るまでの短い間だけでも、せめて……。

健一との間にある〝真実〟を知らないまま、杏珠は身体を張った悪戯の計画をぼんやり組み立てはじめていた。

第二章　エナメルボンデージ姿の妹

翌日、健一はほとんど眠れないまま早朝を迎えた。

写真集に関してはかまわない。

杏珠が両親へ渡したところで、家庭内の視線がしばらく痛くなるだけだ。

それより彼女を組み敷いたことが悔やまれた。

本意でないとはいえ、あんなに怯えさせたのだ。壊れかけていた兄妹関係も、決定的に破綻《はたん》したかもしれない。

あれこれ悩みながら、健一はここ数時間のうちに、何度も寝転がったまま悶絶していた。

やがて、太陽が昇り、起きなければならない時間がくる。

自分の過ちを理由に、朝食の支度や大学はサボれない。健一はそういう気性だったから、収納ケースの一番上にあった服に着替え、重い足取りで部屋を出た。

トイレで用を済ませ、洗面所へ行こうとして、同じく階段を降りようとしていた杏珠と鉢合わせる。

「あ」

「あ」

二人揃って固まってしまった。

もっとも、杏珠はすぐそっぽを向いて、不愛想に言う。

「おはよ、あにき」

起きて間もないらしく、彼女が着ているのは淡いピンクのパジャマだった。

ともあれ、何事もなかったように挨拶されたのは意外だ。それに一瞬だけ、口元を綻ばせたように見えた。

「……？」

健一は戸惑う。

そんなことありえない。

(怒るならともかく、笑うなんて……待てよ。俺の弱みを握れたと考えてるのか？)

短絡的な彼女ならありえそうだ。

密かに勘ぐっていると、杏珠は文句を言いたげに眉根を寄せる。

「なんで黙ってるわけ？　立ったまま寝てるの？」

「あ、いや、おはよう……今日の料理当番は俺だよな。待っててくれ。今から用意するから……」

「いらない。あたし外で食べる」

「え？」

「だって、あたしを襲ったあとじゃ、あにきだって気まずいでしょ？」

次の瞬間、彼女の顔を意地悪い笑みが占めた。

「お前っ！……」

さっきの微笑は見間違いではなかったらしい。

健一が立ち竦《すく》むと、彼女は交渉のカードをチラつかせるように、すっぴんでも綺麗な顔を寄せてくる。

「でも、あたしの一人暮らしに賛成してくれるなら、あの本に載ってるみたいなこと……やってあげてもいいよ？」

蜜たっぷりで咲く大輪の花みたいな声音《こわね》だ。

しかし不自然に色っぽすぎたため、健一はかえって兄の自覚を取り戻せた。

「バカ言うなよ！　兄妹でそんなことできるはずないだろう!?」

妹の肩を摑み、自分から引き離す。

途端に杏珠は口元を強張らせた。

「痛いってば！　冗談でマジになられると、ヒクんだけどっ？」

「ぁ、そっか……っ」

健一は手を下げた。その上で頼み込む。

「本気じゃなくてもやめてくれよ。お前の将来が心配になる」

「大きなお世話！　このわからず屋あにき！」

反抗的な口調は、ここまでで最も杏珠らしかった。

昨夜の失敗を謝るとしたら今だろう。ベストのタイミングとはいえないが、あとになれば、もっと詫びにくくなる。

健一は少し口ごもったものの、頭を下げた。

「……ゆうべは悪かった。俺がどうかしてたよ」

「へぇえ？　ずいぶん素直じゃない。気持ち悪っ」

杏珠の声には微塵も遠慮がない。とどめで兄を奈落の底へ叩き落したがるようだ。

健一もさすがにカチンときた。

（お前にだって落ち度はあったんだぞ!?）

そう言い返したかったが、より問題があるのはこちらだった。

彼は不満を隠すため、下を向きつづける。

対する杏珠は、飽きたとばかり、軽やかに身をひるがえした。

「話は終わりでしょ？　シャワーと洗面所はあたしが使うからね」

そのまま、さっさと歩きだす。

健一はようやく目線を元に戻し、またも違和感を覚えた。

（……？）

階段を降りる妹の横顔が、いつもよりリラックスして見えたのだ。

だが彼女は、兄を逆上させるリスクと、話を有利に進める武器とを天秤にかけている最中で、そう簡単に警戒を解くはずがない。

今度こそ、勘違いに決まっている。

夜になってバイト先から帰ると、今日も家の中に人の気配はなかった。

そろそろ陽が沈むのも早く、暗い玄関がいちだんと静かに感じられる。

健一は廊下の電気を灯けながら、台所まで行った。すると伝言用ボードに、杏珠の走り書きが貼り付けてある。

『夕食も外で食べる』

「………」

よそよそしい関係でもメモを残すあたり、律儀《りちぎ》といえば律儀だ。

ただ、やはり昨夜のショックを引きずっているのかもしれない。加えて、まったく別の懸念もあった。

（あいつ、財布は大丈夫か？　ファーストフードにしたって、毎晩だと高くつくだろ……）

親からの小遣いとバイト代を合わせれば、それなりの額にはなるはずだが、欲しいものだっていろいろあるに違いない。

そこでふと、男に奢《おご》らせる杏珠を想像してしまった。

特定の相手がいないとはいえ、見た目があれだけ可愛ければ、彼氏候補ぐらいたくさんいるだろう。

（……って馬鹿か。妹が誰と付き合おうがいいじゃないか）

我ながら酷い独占欲だ。

健一は埒《らち》もない想像を追い払って、夕食の準備を始める。

他に誰もいない以上、今夜はレトルトカレーだけでかまわない。
ご飯は昨日の残りがあるから、それを使おう。
食後、一息ついてから、健一は風呂を沸かした。
杏珠はまだ帰ってこないので、一番風呂は自分がもらう。
身体を洗い、熱い湯に浸かっていると、昼間と違う心地よい汗が出てきた。
これで少し、胸のモヤモヤも薄れそうだ。
（そろそろ出るか……）
最後にもう一度シャワーを浴びるため、バスチェアへ座った。
そのときだ。
（ん……？）
脱衣場のほうで、何か音がした。
杏珠だとすれば、しばらく出ていけない。
健一は確認のために耳を澄ませた。その直後、浴室のガラス戸が外から開かれた。
しかも、白い影が猛獣のように飛び込んでくる。
「いっ！　うぉわっ!?」

強盗か⁉

とっさに飛びのいて振り返りつつ、彼は腰へタオルを巻きつけた。布地の端を摑んでずり落ちるのを防ぎ、湯気の向こうへ目を凝らせば、いたのは手を後ろで組んで立つ杏珠だ。

着ているのは、いくつもの色がストライプを描く、ビキニの水着。表情もそれにふさわしくと言うべきか、口角を上げながら、大きな瞳を牝猫さながらに細めている。

「な、お、おま……っ⁉」

健一は口をパクつかせてしまうものの、視線は妹に釘づけとなる。

真っ先に彼の意識を占めたのは、露出した肌の艶やかさだ。

透けるように白い一方、湯気の中であっても、照明を反射するほど瑞々《みずみず》しい。それもあって、腕や腰は驚くほど細いのに、生気が溢れていた。小さく窪んだお臍にまで躍動感が行き渡っている。

「なんっ……で……入ってっ⁉」

「どう？　どうよ？　彼女もいないあにきじゃ、間近で女子の水着を見るなんて初めてでしょ？」

杏珠は頬を紅潮させながら、身をグッと突き出してきた。

彼女のビキニはカップがほぼ三角形で、上端と脇から愛らしい丸みがこぼれかけている。

今なお成長中と思《おぼ》しき胸のラインは、ストラップ付きの布がかかるだけで柔らかくたわみ、それでいて、球体を思わせるボリューム感も宿している。

「っ……！　お前、どういうつもりだ!?」

健一の口から、ようやく言葉が出た。

とはいえ、目は他へやれない。

義妹の股間を守る布切れは、小さなローレグタイプで、臍側の高さが秘所すれすれまでしかなかった。縁に何か引っかかれば、たやすく割れ目を露出してしまいそうだ。

下のほうだって、しなやかな太腿が付け根から剝き出しで、曲線の優美さたるや、ふくよかなバストに負けていない。

「朝、言ったじゃない。一人暮らしを認めるなら、サービスしてあげるって」

何度も練習を重ねたような、淀みない杏珠の語調だった。

逆に健一は舌を嚙みかける。

「そういう悪ふざけはやめろって言ったろ!?」

「あたしはやめるとは言ってないけどね？」

「っ！」

あまりにふざけた言い分で、健一も怒鳴りたくなった。しかし、昨日はそれでしくじった。

なんとか我慢していると、杏珠が一歩、踏み込んでくる。

「で、どうする？　背中を流してあげよっか？　それとも頭を洗う？」

「……っ、どっちもいらねえよ！」

「でも、そのわりにはソコが嬉しそうじゃない？」

「えっ⁉」

見下すような指摘で、健一は自分のペニスがそそり立っていることに気づいた。かぶさっているのは、多量の水分を吸って透けかけたタオルだけだ。亀頭の形までくっきり浮いている。

「こ、これは……っ！」

言い訳混じりに右手を浮かせ、左手は股間へかぶせたが、代わりにタオルの端を離してしまった。

「うおっ⁉」

布がダラリと垂れて、尻を丸出しの、みっともない内股となる。

「そんなんじゃ、近づいたら何されちゃうかわかんないよね。だったらサービスの代わりに……こうしてあげるっ！」

杏珠は手をパッと前へ突き出した。

そこにあったのは、赤いカバーがついた彼女のスマホだ。裏に付いたカメラのレンズは、しっかり健一に向けられている。

「ま、待て……それはシャレにならない！」

動けないまま、健一は喚いた。だが、杏珠は平然と画面をタップしはじめる。

パシャッ！　パシャッ！　撮影音が狭い室内へ立てつづけにこだました。

「おまっ……おいっ！　よせってば！」

「悔しかったらやり返してみれば？　まっ、飛びかかってきたら、今度こそレイプ未遂の写真を撮れちゃうけどね！」

憎らしいことを言いながら、なおも杏珠はシャッターを切る。

端正な顔に浮かぶのは、サディスティックにも見える笑みだ。

妹が自分といっしょにいて楽しそうなのは久しぶりだったが、もちろん、こんな状況では嬉しくない。

「こいつ……！」

健一は思いきって右手を背後へ移し、壁に掛けてあったシャワーヘッドを掴んだ。

さらにすばやくしゃがみ、コックを全開にする。

「やめろって言ってるだろ!?」

自分まで悪ガキ時代へ戻ったみたいに、シャワーを杏珠へ向けた。

放たれた湯の勢いはそうとうで、直撃を受けた杏珠も、口と目をギュッと閉じつつ、両腕で身をかばう。

「わぷっ！　やっ、あっ!?」

反面、スマホへの注意がおろそかになって、レンズもあらぬほうへ向いた。

その機を逃さず、健一はシャワーを放り出した。床を蹴り、妹へ肉薄し、危険なブツをひったくる。

あとは水着姿の脇を抜けて、脱衣所へ脱出だ。ついでにドアを閉め、縁を外から足で押さえた。

スマホの画面を見れば、杏珠はロックを解除して、カメラを使っていた。

おかげで難なくアルバムのアプリを起動できる。

「こらっ！　開けなさいよっ！　卑怯者っ！」

杏珠はドアを開けようと躍起になっているが、健一が邪魔するから簡単にはいかない。

その間にどうにか写真をすべて消し終えた。

（くぅ……やばかったぁ……！）

安堵しつつ、籠に用意しておいたバスタオルを掴んで、下半身を隠す。今度は取れないように、腰周りもしっかり折り込む。

そうして足をドアから離すと、すかさず杏珠が出てきた。

「返してよ、勃起あにき！」

「その呼び方はやめてくれ！」

朝は勘違いかと思ったが、やはり彼女のテンションはおかしい。

しかも、今は剥き出しの身体へ、無数の雫がまとわりついていた。

ビキニは水気を吸って重たそうだし、茶髪は濡れた筆さながらに頬や額へ貼りつく。

もはや何もかもが、年頃の身体を艶めかしく飾る要素だ。

健一は股間に追加の血が集まりかけ、それを散らすため、一歩下がってスマホを投げ返した。

「わ、わっ!?」

杏珠は危なっかしい手つきでキャッチして、キッと睨んでくる。

「あたし、諦めないからね！」

捨て台詞を吐くや、脱衣所から走り去っていった。

ドアは開けっ放しなので、遠ざかっていく彼女の姿が、健一には見て取れた。

長い髪の陰、裸同然の背に浮かぶのは、ほのかな肉づきの下の背骨と肩甲骨だ。

濡れた布地が密着するヒップは、双丘の形がくっきりで、動作と合わせて、誘うように左右へ揺れている。

床に残る濡れた足跡まで、妙に色っぽい。

肢体が階段の向こうに隠れるのを待って、

「……どうしちゃったんだよ、おい……」

健一はようやく小声で呟いた。

もっとも、それは自問でもある。ペニスはいまだに勃起しつづけ、分厚いタオルを持ち上げていた。

昨日の夕方まで、いちおうは彼女を手のかかる妹と見ていられたのに……。

これからは血の繋がらない美少女としか思えなくなりそうで、不安が募る。

無人となった浴室内では、放置されたシャワーが、盛大に湯を吐き出しつづけていた。

再び困惑させられた健一だったが、昨夜からの寝不足が響いていたらしい。ベッドへ入ってすぐに意識が朦朧《もうろう》となり、あとは深い眠りへ一直線で沈む。

とはいえ、夢見は最悪だった。

どことも知れない薄明かりの中で突っ立って、ピクリとも動けない。

しかも、正面にビキニ姿の杏珠がいて、何度もカメラのシャッターを切ってくる。

現実ではないから、妹の構えるのは、仰々しい一眼レフだ。

「いいねーいいねー、バカっぽい顔だよー」

などとインチキカメラマンみたいなことをほざかれて、健一は猛烈に腹立たしい。

なのに、ペニスは元気にそそり立つ。真上を仰いで、根元から小刻みに痙攣する。

それを杏珠はいっそう囃し立てた。

「さぁ、もっとおち×ちんおっきくしてみよっかー？　そーれ、ぼっき、ぼっきっ」

夢の中の彼女は、本物以上に恥じらいがない。

（おいバカ、よせ……）

健一は声をあげたいのに、口も手も自由にならなかった。

目をつぶることさえ不可能で、されるがまま、血の沸騰しそうな屈辱に縛られるのみだ。

パシャ！　パシャパシャ！　パシャッ！

ガシャンッ！

（……ガシャン？）

唐突にシャッター音へ、金属音が混じり、手首に硬いものがぶつかった。

それがきっかけとなって、健一はうつつへ急浮上し……。

パチリと目が覚めた。

見回してみると、室内はまだ夜の闇が濃かった。

光源はカーテンの隙間から差し込む街灯の光と、常夜灯の豆電球だけだ。

そんな中で、自分へのしかかってモゾモゾ動く人影がある。

顔はまったく見えないし、どんな格好かも不明だが、杏珠であることは見当がついた。

「お前、今度は何を……っ」

健一は身を起こそうとして、両手首へ食い込む何かに気づく。それが邪魔で、頭の両脇からほとんど腕を動かせない。

しかも、金属音がするのまで夢と同じだった。

「杏珠っ、これ手錠かっ⁉」

あまりのことに愕然となる。拘束具は二つあって、それぞれが手首を片方ずつ、ベッドのフレームへしっかり繋がれていた。

そして、答える声の主《ぬし》はやっぱり杏珠だ。

「やっと起きたんだ？　こんなにされちゃうまで気づけないなんて、あにきってば鈍すぎでしょ！」

ベッドの下方へ移っていた彼女は笑いながら、当然のように、兄の両足首まで固定してしまう。

ガチャッ！　ガチャンッ！

かなりのピンチである。しかし、狼狽《うろた》える姿は見せられなかった。

「今度は何をやらかす気だよ⁉」

健一が叫ぶと、杏珠は顔を寄せてきて、からかうように囁く。

「隣にはお母さんたちがいるんだよ？　大声出したら起きちゃうじゃん」

「困るのはお前だろっ」

「あ、見つかったら、あにきに命令されたって言い張るつもり」

「自分を動けなくしろなんて言うバカがいるか！」

「そこはほら、あにきがドMだったってことで。あにきの趣味に付き合うあたしってば優しいなぁ」

浴室で見せた以上に、杏珠の言動はふざけている。

健一はだんだん心配になってきた。

「お前どうしたんだよ……。昨日から性格変わってんぞ？」

そう聞くや、杏珠はなぜか声を明るく弾ませた。

「え、ちょっと話しただけでわかっちゃうんだっ？」

もっとも、直後に動きを止めて、ごまかすような咳払いをする。

「や、なーに言ってるんだか？　勝手なイメージ、あたしにおしつけないでくれる？　うざいからっ」

「やっぱりおかしいって、おい……」

げんなり呟く健一だったが、一方で目は慣れてきた。

またしても、杏珠はボディラインがくっきり出る衣装を着ているらしい。ただし、水着とは違い、顔や手足が白いのに、胴体はいまだ闇へ溶け込んでいた。

と、彼女が立ち上がって、ベッドから何歩かあとずさる。

(俺を一晩放置する気か……⁉)

そんなのトイレへ行きたくなったときに大惨事だ。

しかし、杏珠は出ていかず、照明の下にぶら下がる紐を、二度引いた。

常夜灯は一呼吸の間を置いて、蛍光灯へ切り換わる。

「うく……!」

健一は瞼を閉ざして、急な眩しさのなか、視力の回復を待つ。

そこから慎重に目を開けば、妹の格好がはっきりわかった。

「なんだよ、それは⁉」

即座に突っ込めたのは、心の準備が多少なりともできていたからだ。とはいえ、意外性は、ビキニ姿を越えている。

杏珠の肢体を覆っていた衣装の正体、それは、エナメル製のボンテージだった。

黒光りする硬質な素材が、乳首を取りこぼす寸前で隠しつつ、ウエスト周りへもフィット。女らしさと、剝き出しにした部分の白さを両方引き立てている。

脚の付け根も丸見えで、ハイレグ水着のような切れ込みぶりがはしたなかった。

そのくせ、屋内なのに同色のブーツまで履いて、膝から下は隠している。

これで鞭でも持っていたら、完全に女王様だ。

もっとも、杏珠もそこまで物騒な小道具までは持っていない。逆に頬を照れくさそうな色に染め、瞳は悪戯っ子のように輝かせている。

アダルトな装いと不釣り合いな未成熟さは、単なるＳＭ趣味とは別方向の背徳感を強めていた。

「どうしてそんな服、お前が持ってるんだよっ!?」

「今日のうちに買ってきたの。あたしのクラス、エッチな玩具に詳しい女子がいてさー、ご飯奢るのと引き換えで、いろいろ教えてもらっちゃった」

つまり、夕食を外で摂《と》ったのは、これを買いにいっていたためだった。たぶん、手錠も同じ店で手に入れたのだろう。

(外食どころじゃない無駄遣いだぞっ。反省してた俺が馬鹿みたいじゃねぇか！)

健一はいっそ、何も見なかったことにして眠り直したかった。

夢だ、全部夢。

だが、そうもいかない。現実逃避は事態を悪化させるだけだ。

「……俺をどうするつもりなんだ？」

かろうじて虚勢を張ってみせれば、杏珠はフフンと高い鼻を鳴らしてふんぞり返っている。

「今度こそサービスしてあげようと思ってねー？　わからず屋のあにきでも、あたしに頭を下げたくなるような、すンごいヤツ！　それであにきが悦んだら、証拠の写真も撮っちゃう！」

「写真って……またか!?」

こんな場面を拡散されたら、社会的に終わってしまう。

「いくら嫌がらせされたって、一人暮らしは認められないぞっ」

「これは交渉だってば」

「俺には嫌がらせとしか思えないんだよ！」

声を荒げると、杏珠はムッとしたように唇を尖らせた。

「なぜ怒る!?」

被害者はこっちなのに。

とはいえ本当は、健一も妹といがみ合いたくなかった。

しょうがない。今までずっと、こちらが折れてきたのだ。

だから、噛んで含める口調を意識し、義妹へ持ちかける。

「……なあ、杏珠。お前が身体を張ってまで、俺と住みたくないのはわかったよ。ここは俺が家を出るかたちで、手を打たないか？　お前にも言われたけどさ、大学生ならそろそろ自立を考えないとな？」

だが、杏珠はますます不機嫌な顔つきとなった。

「あたし、そんなことしろなんて頼んでないしっ」

「昨日、お前が出ていけって言ったんだろ？」

健一が眉を寄せると、彼女は焦れたように叫ぶ。

「それは取り消す！　とにかくあたしがサービスするの！」

そのまま駆け戻ってくるや、片膝をベッドに乗せ、兄のズボンへ手をかけた。

「よせ！　おい！」

襲われる側なのに、健一は両親の耳を意識してしまう。

それに寝起きの生理現象で、ペニスも屹立していた。もがけば下着と擦れ合い、こんな場面であるにもかかわらず、

「うぅっ！」

亀頭のムズつきで呻《うめ》きかけた。

杏珠も呆れたように顔をしかめる。

「うわっ、もう勃ってる！　しっかり期待してるんじゃんっ！」

「これは朝勃ちだよ!」

「え、朝だ……ち……? 夜なのに?」

打って変わって、きょとんとした声だ。

こんな破廉恥な格好を見せつけながら、義妹は男の身体をほとんど知らないらしい。

健一は説明しようと口を開くが、杏珠もペースを乱されたくなかったのか、すぐ早口で遮《さえぎ》った。

「よけいなことは言わなくていいからっ。あたしだって知ってるっ。思い出したよ! 寝てる間にソレがおっきくなっちゃうやつでしょっ?」

あとはズボンの腰周りへ縫い込まれたゴムを伸ばして、兄から引っぺがしにかかる。

「杏珠っ、落ち着けっ」

尻をマットレスへ押しつけ、健一はズボンを守ろうとした。しかし、何の効果もなく、膝まで一直線にずり下げられてしまう。

「うぉっ……!?」

シャツと下着はまだ残っているが、むだ毛の処理をしてない脚といっしょだと、裸以上にみっともない。

彼が怯んだ隙に、杏珠は顔をますます赤らめながら、トランクスまで摑んできた。

「よせっ、ばかっ、あほ杏珠……！」

ボキャブラリーが壊滅した兄の文句に杏珠はなど耳を貸さない。

「……このぉっ！」

彼女も子供じみた気合を発し、下着を一気にどけてしまう。

これで勃起中のペニスが晒しものとなった。

長い竿は血管を浮かせながら臍のほうへ伸び上がり、ゴツゴツ節くれだっている。エラの張り出し具合も逞しいし、亀頭はパンク寸前の風船さながらに張り詰めて、裏筋だって剝き出しだ。

さらに陰毛の一本一本が太く黒く縮れていた。陰茎の付け根から下がる玉袋も、大きくて自己主張が激しい。

総じて、地味な顔立ちに似合わない、立派な逸物だった。

「あ……っ」

杏珠も気圧《けお》されたように息を飲みかける。しかし、健一の顔と股座を見比べてから、無理するように笑った。

「め、めちゃめちゃキッモいね！」

「っ……」

健一はもう、悔しいのか嘆かわしいのかもわからない。

それでもひとりでに閉じそうな瞼を固めて杏珠を見れば、義妹は手を半端に浮かせ、次にどうしようか、判断しかねているらしい。

しかし、結局は腹を括って宣言する。

「あたしが……感じさせてあげるから！」

そのまま、右手で兄の肉幹をグイッと引き立たせた。

握る力は強く、健一はのっけから、急所を折られそうな予感に襲われる。

「いててて⁉　おいっ、痛いって！」

慌てて喚くと、杏珠がパッと手を離した。

「な、なんでよ、こんなに硬いじゃんっ」

ひどい言いがかりだ。

しかし彼女もセリフと裏腹に、手つきを丁寧に変えた。今度は手のひらでそっと支えるように、竿を真上へ立て直す。

一転、健一はこそばゆさで肌が粟立った。

「うぅっ！」

彼の口から洩れたのは、またもや低い唸りだが、もはや杏珠は止まらない。カリ首の下を摑んでくる。

こちらも力加減は緩かった。そもそも手のひらの瑞々《みずみず》しさからして、男とまったく別物だ。血液が海綿体へさらに集まってしまう。

「あ……また硬くなった……」

漏れた杏珠の口調はごく自然で、言葉責めの意図はないらしい。

それでも手のほうは、緩慢に往復させはじめた。

シコ、シコ、シコ……と、エラの下から竿の付け根までを入念に擦るやり口は、アダルトショップを紹介した友人の受け売りかもしれない。

不慣れなうえに単調で、兄を酔わせるより先に、手ごたえを学ぶのが目的のようだ。

とはいえ、五指はきっちり男根の皮をフックしており、陰毛の生え際まで下りながら、いっしょに裏筋もピンと伸ばした。

亀頭内で行き交《か》う痺れは、スローペースゆえに神経へ引っかかる。健一は竿の髄まで切なさに侵される。

「うっ、くっ、うっ……!?」

逆に手が昇れば、輪になった指の縁が、カリ首を押し上げた。裏筋を本来の形へ戻すのと引き換えに、密着する場所へ快感を集中させた。

「んっ、んんっ……んっ、んんっ……！」

杏珠は息を弾ませながら、片道ごとに時間をかける。

だから、健一は慣れるにつれて、もどかしさがこみ上げた。

適切な速さでしごかれた瞬間に走り抜けるであろう心地よさを、心ならずも思い描いてしまう。

「ふ、ぅ、ううっ……」

半端な暑さに汗が浮き、さらに我慢汁までこぼれて、しごく動きをスムーズにしていく。愛らしかった手のひらも、濡れてくれば卑猥さが増した。

「ぁぁ……ヌルヌルしてるぅ……これが、なんとか液ってヤツなんだよね……？」

牡の粘液が指に纏わりつくなんて、杏珠はおぞましいはずだ。なのに、かえって愛撫を滑らすまいと力を強め、緩慢なテンポを保つ。

シコ、シコ、シコ。シコ、シコ、シコ……。

健一は喉の渇きを覚えながら、終わらないもどかしさに耐えようとした。

しかしその耳に、すがるような響きへ変わった声音《こわね》が届く。

「ん……どんどん熱くなってきてるよっ……お兄ちゃんのおち×ちんっ……！」

「っ！」

健一は反射的に震えてしまった。それで杏珠も我へ返ったらしい。

兄の顔を見て、上ずり気味の減らず口を叩《たた》く。

「あはっ……こ、このヌルヌルって、感じてるときに出るんでしょ？　あにきってば、偉そうなのは口だけなんだよね……っ」

そこから、もっとやれるんだと示すように、怒張を強く握り直した。往復の速度も上げてくる。

とはいえ、出だしのきつさはなく、牡肉へ注ぎ込まれるのは、健一が欲《ほっ》してしまった熱い疼きだ。

亀頭は忙《せわ》しなく伸縮させられ、快感で焦げるようだった。先走りの汁を潤滑油として踏み越えられたエラは、鈍痛混じりにビリビリ痺れる。

このままだと、手錠で手首と足首が擦りむけそうで、マニアックな心地よさになりかねない。

「お前っ……そんな極端にっ……！」

「ほらっ、ねっ？　こうするほうが、あにきだって気持ちいいんじゃないっ⁉」

実のところ、杏珠が上手《じょうず》になったわけではなかった。

だが、淡い刺激に焦らされたあとだと、問答無用で反応させられてしまう。

「く、くううっ！」

「こうしてれば、そのうち精液が出るんでしょっ？　んっ、んっ、ふっ……ねぇ、あにき、イッちゃってよ……！　そこを写真に撮って、永久保存してあげるっ！」

健一は首を横へ振った。

「出ねぇっての……！　お前にされてイクほど、俺は飢えてないからなっ!?」

だがこの拒絶が、義妹をムキにさせてしまった。

彼女は顔をかかる茶髪を左手でかき上げ、

「だったらイクまで、どんどんすごくしていくからっ！」

言ったあとで息を吸う。一拍の間を置き、ダイビングさながら、紅潮した美貌をペニスの上へ落としてきた。

小さい唇は全開で、牡肉を奥に受け入れる。

対する亀頭も太いから、花びらみたいなピンクの粘膜にズリズリ引っかかった。

「ん、むぷぶっ！」

「つ、ぅくぅうっ!?」

苦しそうな杏珠の呻きを聞きながら、健一は過激な摩擦によって、理性を削ぎ落とされる。

さらに妹の動きを目で追っていたせいで、フェラチオの瞬間まで見てしまった。

無骨な肉幹は、まるで口を犯す拷問器具だ。汗ばむ美少女が咥えるには、あまりに不釣り合いだった。

とはいえ、責められるのはあくまでも健一側であり、怒張の行き着いた先には、過度の温もりが満ちていた。濡れた粘膜も、全方向で待っていた。

「お、うくっ！　杏……珠ぅ!?」

「ん……ふぅうむっ！」

健一が対応しきれないうちに、杏珠は唇をすぼめる。

猛《たけ》る巨根をみっちり押さえ、ネバつく我慢汁まで竿の上で擦り潰す。

内頬も左右から寄って、陥落寸前の亀頭をサンドした。

健一はもはや強がれない。口内の熱と感触にやられ、意識が沸騰してしまう。

しかし、これさえも下準備にすぎなかった。

頬の次は、舌がクイッと持ち上がり、裏筋の溝を直撃する。

「く、おっ!?」

濡れた粘膜同士だけに、舌は牡肉と隙間なくくっついて、のっけから溶け合うようだった。

杏珠も退《ひ》かず、初めての獲物を丹念に味わいだしている。

「うぇえあっ……お、ぷっ、ぶぷっ……えぇえうっ……」

必要以上に吐き出されるくぐもった声は、兄を惑わす武器なのか、あるいは息苦しさを紛らわす強がりか。

ともあれ、裏筋をなぞった舌は、縦長の鈴口に沿って上昇していく。

小便の出口をこじ開けるように通り過ぎ、亀頭表面からカリ首へと突き進む。

舌の表には、無数の細かいザラつきが並んでいた。それがヤスリさながら、牡の性感を刺激する。

逆に裏はツルツルとして、消化器官であると主張するみたいに、牡粘膜へ纏わりついた。

「お前っ、いい加減に……っ、うっ……くぅうっ！」

もはや快楽は、健一の股間にとどまらない。腿や腹にまで及んでいる。

なおも登ってくる悩ましさを堰《せ》き止めようと、彼は腹筋を引き締めた。が、今度は呼吸がままならない。

「つ、おっ！」

息苦しさと痺れは連動し、一足飛びに頭を締めつける。

そこをまた玩弄される。唇もモゴモゴ波打って、竿の中ほどをくすぐった。

やがて杏珠は休憩のためか、紅潮する美貌を兄の股から上げた。

「ん、ぷはぁあ……ぁふっ……」

唾液まみれのペニスも吐き出され、健一はやっと楽になれる。

だが、安心するには早く、次の難問が待っていた。

「どう？　今度はちょっとぐらい感じたよね？」

そう聞いてくる妹は、ペニスを握りながら、今も片手で髪をかき上げている。

愛くるしい口元は先走り汁でヌラヌラ光り、額にはじっとり汗を浮かべている。

ここで否定すれば、彼女はさらに過激な行動に走るだろう。

かといって認めれば、家族の関係は終わってしまう。

結局、健一は兄として、前者を選ぶしかなかった。

「感じるわけ……ねぇだろ……っ」

「っ！　どうしてそう強情なわけっ？」

杏珠の瞳を悔しそうな色がよぎった。

だが、これにほだされてはいけない。

「妹にされて感じるとか……異常だっての！」

健一が吠えれば、杏珠は憤然となる。

「こ、この不感症あにきっ！」

ヤケクソのように、再びペニスを頬張ってきた。

しかも、舌を使うだけでなく、顔ごと上下させはじめる。

頬の裏の粘着ぶりはそのままに、唇も吸盤のように突き出して、手コキ並みのスピードで牡粘膜をしごくのだ。

竿の表面はグイグイ伸ばされたあと、百八十度の方向転換で、エラへ向かって手繰《たぐ》られた。それから間髪入れず、またはち切れんばかりに伸びた。

我慢汁で滑りやすくなってこれだから、尿道へかかる圧迫は物凄い。

加えて、さらなる粘液をせがむように、バキュームまで開始される。

「んぶぶぅうっ！　ずぞっ！　ずずぞぉおっ！」

密閉されたなか、空気の流れは、亀頭を歪ませかねない苛烈さだった。それだけに健一も尿道が裏返りそうだ。先走り汁も強制的に吸い上げられていく。

しかも杏珠が動けば、外の空気までが、口と男根の隙間へ巻き込まれた。

当然、奏でられる音は、蕎麦かうどんを啜《すす》るように派手派手しい。

「ひぶっ、むっ、くぶぶっ、ずっ、ずずぅうずずずっ！　んぐっ、ふぅううんっ！」

美少女らしからぬ、あたしで気持ちよくならなきゃ許さないと言わんばかりの行動力だった。

それが未熟ながらもいろいろなやり方で、兄の弱点を直撃しつづける。

「杏……珠っ、もっ、やめ……ろっ……ぉっ！」

健一は流されまいと、両手の十指だけでなく、足の指までぎゅっと内に折りたたんでいた。しかし、そんなのは焼け石に水だ。

杏珠も夢中らしく、兄の追いつめられっぷりに気づいていない。

茶髪を生き物のように揺らし、顔を行き来させつづける。がむしゃらにのたうたせた舌で、真っ赤な亀頭を上下左右へ転がしてくる。

「んぐぅうむっ！　うぇずずっ……ぷぷんっ、うぅうんっ！　うむっっくぶっっぇぶっ！」

しかし、初挑戦で頑張りすぎたらしい。

兄が屈する寸前、杏珠は二度目の呼吸困難に陥りかけて、またも顔を上げた。

「こ、今度こそ……どうっ？　ちょっとは正直になれるでしょっ？」

まるで走った直後のように、肩を上下させる。

しかし、健一も返事を変えなかった。

「妹にされて感じるわけ……ねぇんだよ……っ！」

「ああっ！　もうっ！　ちょっとぐらい悦んでよっ！」

苛立つ杏珠は、もう口を使わなかった。

ペニスを握り直し、猛スピードでピストンしはじめる。

その力は最初に失敗したときに近く、具合の悪いコンロへ意地でも点火したがるみたいに、表皮と裏筋を嬲り倒した。道連れに亀頭とエラも変形させて、先端では鈴口をパクパク開閉させた。

愛撫というには荒っぽすぎるが、滾《たぎ》りきったペニスも被虐的だ。暴力的な痺れを、快感と受け取ってしまう。

「お、お、おぉおっ！」

健一は全身を突っ張らせ、熱病じみた眩暈《めまい》が止まらない。

そこをさらに責められる。竿の表面は伸びて、縮んで、酷使されるバネさながらだった。

汲み上げられた精液も、どんどんせり上がってくる。

「っ……くぐぅっ……ぅううっ！」

健一は唇の端を噛み、呻きを呑み込もうとするが、それも限界間近だ。開きかけた尿道があらぬ形へ捩れそうで、もはや体勢を立て直せない。

「やっ……めろっ……く、ぅっ、ぅううっ！」

健一は、突っ張らせた手足の筋肉が、千切れる気がした。

次の瞬間、子種が押しとどめられる境界線を踏み越える。

やばい！──そう思ったときにはもう、下半身に込めた力がすべて、射精の起爆剤に変じていた。

鈴口までこじ開けたザーメンの噴出ぶりは、ペニスが天井を向いていたせいもあり、高熱の間欠泉めいている。

ビュクビュクビュクッと打ち上がっては、重力によってUターンして、健一の腹と杏珠の手に塊《かたまり》で降り注いだ。

穢された杏珠も悲鳴をあげた。

「やっ……きゃっ！　な、なにこれっ……どうしちゃったのっ!?」

やはり、彼女は本物の射精を見たことがなかった。

慌てて身を起こすものの、指が変に固まっているらしく、ペニスを手放せない。むしろ捻る動きで、竿に残っていたスペルマまで、ビュルビュルッ！　と下品に発射させた。

「く、おっ⁉」

健一にとっては追い討ちの肉悦だ。一瞬とはいえ、意識が飛んでしまう。

そこへ届くのが、パニックめいた杏珠の半泣き声だった。

「や、やだっ！　お兄ちゃん……っ、ごめんなさいっ！　これ、あたしが壊しちゃったんじゃないよねっ⁉」

健一は妹を安心させてやりたい。だが、イッてしまったと認めるわけにはいかない。身をかきむしりたい矛盾に苛《さいな》まれつつ、ペニスはまだ気持ちよかった。握られた部分へ愉悦が定着し、触れるものがない亀頭は、中の神経が欲深く脈打つようだ。

一方、室内には栗の花やイカへ喩えられる生臭さが広がった。それを嗅ぐうち、杏珠もどういう状況かわかってきたらしい。

「あっ……もうっ……ビックリした……っ。これ、射精でしょっ？　やっぱり気持ちよかったんだよねっ⁉」

健一は無駄と知りつつ答えた。

「しつこくしごかれたら、感じなくたって精液も我慢汁も出ちまうんだよ……っ」

「嘘つきっ！　さっきは出るわけないって言ってたじゃんっ！　っていうか！」

ようやく杏珠は濁汁塗れの手を、肉棒からどけた。

「射精の証拠写真、撮りそこねちゃったっ！」

「あれって本気だったのか？」

「当然っ！　あにきが意地を張るから失敗しちゃったんだよ!?」

酷い責任をおっかぶせてくる。

とはいえ、ここで争っても埒《らち》が明かなかった。

せめて早く切り上げて、杏珠を追い出したい。落ち込むのはそのあとでもできる。

「あー、悪かった。俺が悪かったよ。とにかくもうおしまいだろ。早く手錠を外してくれ」

しかし、杏珠はしばらく兄を見下ろしたあと、ボソッと言ってきた。

「あたし今日、聞いたんだよね。あにきぐらいの歳なら、一晩に二回や三回はイケるんでしょ……？」

どこか思いつめた口調だ。

「お前、何言って……」

「こうなったら、何がなんでもあにきの無様な写真を撮ってやるんだから！」

「バカ言うなよっ!?」

健一は声が裏返ってしまった。

しかし逸物のほうは、持ち主を裏切り、今も最大サイズで腹のほうへ反っていた。

杏珠も耳を貸さず、枕元にあるティッシュで自分の手を拭《ぬぐ》う。

それが済むと、床へ降り立って、ボンテージの腰周りに手をかけた。

衣装は上下へ分割できる構造で、エナメル製のベルトを外した彼女は、V字型のパンツを下げながら、右脚を上げる。そちらの穴から足首を抜いたら、次に左脚だ。

ストリップというほどではない日常的な仕草だが、断じて兄の前ですることではない。

本人も視線を真っ向から受ける度胸はないらしく、さりげなく明後日のほうを向いていた。

ともあれ、黒いパンツは床へ落ち、お臍と下着が丸見えとなる。

杏珠が穿いていたのは、ボンテージ姿に相応《ふさわ》しい黒ショーツで、極度に狭いだけでなく、ほぼ九割が肌を透けさせそうなレース地でできていた。

しかも股間へくっついて、童貞の健一ですら、陰唇の形を容易に想像できる。

大陰唇は左右で一つの丘を描き、真ん中に狭い谷間も作っていた。そこから微かにはみ出すのが小陰唇だろう。

もっとも、そこまで見えてしまうのは、下着の構造が原因ではない。秘所からこぼれたあられもない牝汁が、レース地を肌へ貼りつかせているのだ。

もしかしたら、室内の性臭には、妹の発したものも混ざっているのかもしれない。

「杏珠……！」

健一も生唾を飲んでしまい、呼ばれた杏珠は、頬を赤らめながら、唇を尖らせた。

「な、なにっ……？　頼まれたって、上までは脱がないからね……？」

「じゃなくてだなっ……」

「あにき、ごちゃごちゃうるさい……っ」

突き放すように言って、ベッドへ乗ってくる。その頑《かたく》なさは、秘所の淫らな反応を隠すためかもしれない。

ともあれ、兄の腰を跨いで膝立ちになる。

「こうしてみると、ますますかっこわるいよね、あにきの姿っ」

「お、お前が……やったんだろ……っ」

健一も杏珠の股間から目を逸らした。

だが、言い返す拍子に顔のほうを見てしまい、別の意味でドキリとさせられる。

馬乗りされると、ボンテージ姿の艶めかしさは数段増しだ。

女王様然とした服装と、蕩けんばかりに紅潮した頬。それに不安を潜ませるような濡れた目元。すべてがアンバランスながら、男心をくすぐってくる。

「さっきみたいな反応、いっぱい見せてよね……マゾあにきっ」

杏珠はそんなセリフのあとで、自分を奮い立たせるように、短めの深呼吸をした。

さらに唇を結び、黒下着の貼りつく秘所を、濡れたペニスへ下ろしてくる。

「おい……これ以上はシャレにならないってっ……！」

健一は妹を止めようとするが、すでに一度イカされてしまった身だ。何を言っても惨めな泣き言《ごと》っぽくなると、自分でわかってしまった。

ほどなく、剛直へ秘所を押しつけられる。

といっても挿入には至らない。杏珠は下着付きの女性器を、そっくり返った亀頭の裏側へあてがっていた。陰唇もはしたなくたわませて、牡粘膜の幅まで合わせ目を拡げる。

「つ、うぅっ！」

健一の逸物に、ほぼダイレクトに牝芯の温度が伝わってきた。ジュワッと絞り出された愛液が、湯のように感じられる火照りようだ。

それに柔軟さだって、唇に負けていない。ショーツを間に挟みつつも、亀頭の凹凸へ纏わりつこうとする。

「くおぉっ!?」

「はんぅうっ！」

健一が眉間にしわを寄せる一方で、杏珠もまた身を竦《すく》ませていた。それでも彼女はどうにか力を抜いて、得意げに微笑みかけてくる。

「素股っていうんでしょ……？　これっ……ん、う、ぅっ！」

「それも……友だちから聞いたのかっ？」

「秘密っ……。あたしだって、いつまでも子供じゃないんだから……っ」

背伸びしたつもりかもしれないが、こんなことができたって自慢にならない。

ともあれ、杏珠はずっと昔から知っていたと言わんばかりの体《てい》を装って、腰に捻りを加えだす。

直後、亀頭を挟んでいた陰唇が、いっそう派手に歪んだ。重みのかかり方も変化して、健一は粘膜の側面がひしゃげんばかりに痺れてしまう。

「つ、ううっ！」

青年が背筋を突っ張らせると、杏珠はいったん動きを止めて、湯気の立ちそうな息を吐いた。

「んふっ……こうしてるとお兄ちゃん、あたしの子分みたいだよねっ」

「っ……！」

さっきから、杏珠は狙って昔の呼び方をしているわけではないらしい。内心がいっぱいいっぱいなので、ポロっと漏れてしまうのだろう。

だが、健一は心臓を鷲掴みにされて、下腹部まで毛羽立つようだった。

その驚きが薄れないうちから、杏珠は本格的に往復しはじめる。

「くぅ、ぅうんっ……」

どこか子猫っぽく喉を鳴らしながら、前へ、後ろへ。前へ、後ろへ……。

硬い衣装に包まれているため、乳房はまったく揺れていない。エナメル製の丸みは、ツンとした形のまま、上からの光を白く反射する。

一方、剥き出しの細い腕は、バランスを取るようにやや曲がり、健一の腰を挟む太腿ともども、艶めかしい血の気を浮かせていた。

正反対なのに、どちらも心奪われる色っぽさだ。

さらに秘所の柔軟さは際立っていて、腰遣いに合わせてクニックニッと形を変えた。亀頭を揉むというよりは、しつこく舐めたがるかのようである。

真下では、亀頭の表側が、健一自身の腹へ押しつけられていた。こちらはふくよかさと無縁ながら、広範囲がピリピリ痺れた。

もっとも、竿のほうはほとんど擦られない。秘唇の動く距離が短いため、こちらは愉悦といっしょに、歯がゆさも高まってしまう。

「杏珠っ……！　杏……珠っ、う、くぅううっ！」

「ふっ……ぅんんっ……あにきってば……がっつきすぎ……っ」

杏珠はぎこちなく口の端を上げた。

「あにきのおち×ちん……やられっぱなしのくせにこんな硬くてっ……ほんっと、生意気だよっ……ぅうんっ！」

語尾には相変わらず余裕がないものの、健一は鼓膜まで性感帯に作り換えられそうだ。

しかも、杏珠は何かを思い出す。

「あ、そ、そうだっ……」

そこで健一の脇へ手をやると、ずっと置いてあったらしい自分のスマホを取り上げ、顔の前まで持ってきた。

「また忘れるところだったよ……っ」

などと言いつつ、腰を使いながらの覚束《おぼつか》ない手つきで画面をタップ。レンズの狙いを兄へ定める。

「おい、冗談だよな……っ？　くっ、そうだと言ってくれよっ!?」

健一は腹筋が縮まった。

動揺は下腹部へも影響し、自分から逸物を左右に揺らしてしまう。途端に牡粘膜が黒ショーツへめり込んで、陰唇と睦《むつ》み合った。張り巡らされた神経の一本一本が、甘い肉悦を吸収した。

「う、うぅううっ！」

「あン！　やっ、あっ……そ、その顔もらいっ！」

杏珠も喘いでいるくせに、チャンスを逃さない。

パシャッ！　パシャパシャッ！

「いっ!?」

たった三回シャッター音が響いただけで、健一は恥辱が振りきれる。

妹に逆レイプされ、撮影まで始まってしまった。頭の中はグチャグチャで、そこへいっそうの快感がなだれ込む。残り僅《わず》かな思考力を粉砕しようとする。

「んぁっ!?　あ、あにき……またおち×ちんがおっきくなったよ……ぉっ！　撮られて悦ぶなんてっ……マゾそのものじゃんっ……！」

秘所を押しのけられて、杏珠も身を竦ませていた。だが、すぐまたシャッターを切る。

健一と逆に、彼女はスマホの音でアドバンテージを実感できるらしい。

しかも、牡肉との摩擦に、サドっ気を煽られていた。

「変態あにきっ……んんぅうっ！　無駄な抵抗はやめてっ、はやくイッちゃえっ！　あたしが……ぁんっ……その瞬間を撮影してあげるから、ぁっ……ぁあんっ！」

催促しながら、腰の振れ幅を長くする。自分だって痺れているだろうに、笑みはますます色っぽい。

おかげで健一は、無事だった竿までねぶられはじめた。カリ首もただ揉まれるだけでなく、手コキされたときのように、伸縮させられて、二度目の精液を呼び込んでしまいそうだ。

「く……おっ……杏珠っ……お前っ、調子っ……乗りすぎだぞ……っ！」

もはや何を言っても虚しい。

杏珠もいよいよ腰遣いを大胆にして、長いストロークで牡肉を嬲りつづけた。

彼女は愛液と先走り汁のヌルつきを使うコツを覚え、竿の付け根近くまで滑ったときは、エラと裏筋を伸ばしながら、尿道の底を温かく蒸してくる。

逆に進むときは、鈴口を女体の重みで押し潰した。

「くうっ、ぅぅぅっ！」

健一はもはや文句すら言えなくなった。全身を竦ませながら、絶頂を少しでも先送りにするしかない。

その切羽詰まった心を、杏珠が言葉責めで抉《えぐ》る。

「ねっ、本当はもう出したいんだよねっ？　おち×ちんっビクビクさせて……太くしてっ、あんっ！　あたしと赤ちゃん作りたいってっ……思ってるんだよねっ？　やだっ、やだぁあぁんっ！　鬼畜あにきぃいっ！　もうっ、最低だよぉっ！」

「く、ぅっ……ううぅっ！」

健一の脳天は茹《ゆだ》ったように熱く、股間は愉悦でパンパンだ。

「杏珠……俺っ……俺は……あぁうっ！」

もう出る！　出る！　出すっ！　妹で……イクッ！　イカされるっ！

危機感が頂点に達したところで、一際スピーディーに杏珠がバックした。

無遠慮な動きは、引き金さながらに裏筋を引っ張る。

「く、おぁあおぉうっ!?」

とうとう健一は、逸物の決壊を感じた。押し寄せてくる白濁は、さっきよりもきっと多い。

ペニスの硬直ぶりで、杏珠も兄のエクスタシーを察したのだろう。

「いっぱい出してぇぇえっ！　お兄ちゃんぅうっ！」

「お、ぁ、おっ、おぉおっ!?」

いきなり受け身の口調へ変わった妹にせがまれながら、健一は特濃のスペルマを、自分の腹とパジャマへまき散らした。

ビュルッビュブブッと、やはり射精は一回目より力強く、その分、痺れも強烈だ。

しかも、杏珠は子種が噴き上がったと見るや、猛スピードで秘唇を前進させてくる。チューブに詰まったゲル状を搾り出すような動き方で、健一に残りの愉悦を刻み込む。

「……それはっ！　つ、おぉおっ!?」

「お、く、ぅ、ぁぁお……っ」

牡の悲鳴と共にまた精子が飛び、パジャマの上着にへばりついた。

「あはっ、こんなにだらしないあにき、初めて見ちゃった……っ」

彼女の言うとおりだ。

仰向けのまま、手錠付きで、自分の白濁で汚れる――そんな健一の姿を、杏珠はさらに撮影していく。

パシャッ！　パシャパシャッ！

——パシャッ!!

彼女の律動は止まっていたものの、何か言う気力など、健一には残されていなかった。

(……どうすりゃいいんだ、俺はこれから……)

三十分後、片手で顔を覆いながら、健一は心が折れそうだった。

すでに杏珠はいない。

兄の左手首の手錠を外し、鍵を握らせてから、そそくさと逃げていった。

衣装の乱れを直す時間さえ惜しみ、濡れたショーツは丸出しのままだった。

ことが済んで、恥ずかしくなったのかもしれない。あるいは自由になった兄から反撃されるのを警戒したか。

ともあれ健一は、もう起き上がろうと思えば、すぐにでもできるのだ。

乾いてゴワつく精液と我慢汁は不快だし、パジャマだってどうにかしたい。

しかし、今後のこと考えると、なかなか動けなかった。

こんな秘密が親にバレたら大変だ。

杏珠がこれからどんな振る舞いに出るかも、まったく読めない。

何より、自身の理性がやばかった。

彼はさっき、杏珠の後ろ姿を無性に抱きしめたくなっていた。

衝動のまま、もう無茶するなと叫びたかった。

それは兄の立場からではない。

家族としての義務感もあるにはあるが、もっと激しい情熱に胸を衝かれたのだ。

(俺……ずっと前から、あいつをただの妹とは見られなくなってたんだ……)

もう、その事実から逃げられなかった。

いくら突っかかられようと、子供の頃から一つ屋根の下で見てきたゆえに、杏珠の可愛い面をたくさん知っている。欠点だって見放せない。

(あいつの言うとおり、妹に欲情する変態なんだよな、俺は……。救いようがねぇ)

顔へ乗せた左手に、健一は知らず知らず、力を込めていた。

＊

(あああーっ、やりすぎたーーーっ!)

シャワーで身体を流して自分の部屋へ戻った杏珠は、いつもとおりのパジャマ姿に戻って、頭を抱《かか》えていた。具体的にはベッドの上で身体を丸める体勢で。

二度目の素股どころか、本来はフェラチオすら予定になかった。しかし、手コキ中の頑固な兄に逆上し、やることを増やしてしまった。

今も口の中には、ペニスの弾力と硬さ、我慢汁のしょっぱさが残っている気がする。

ヴァギナに感じたペニスの熱さは、それ以上に忘れられない。

(精子ってあんな元気に飛ぶんだ……)

女子向けの雑誌や漫画には、そこまで詳細に記されていなかった。

(す、凄《すご》かったなぁ……。もろに生命の神秘って感じで……じゃなくて！)

胸が高鳴りかけた自分を叱り飛ばす。

さすがに健一だって、激怒したはずだ。

しかし、ふと目を上げれば、スマホが見えた。

念のためにさきほどの写真を確認してみると、手ブレの失敗が多いものの、いくつかはしっかり撮れていた。

特に一枚目は、会心の出来だ。このときはまだ室内が暗かったのに、細部までくっきりしている。

長く見つづけると、みっともない笑顔になりそうで、杏珠は表情筋を引き締めた。

「……ほんと、ごめんね、あにき」

本人へは言いづらいから、写真に詫びる。

ただ、兄が腹を立てているのは間違いないとしても、縁を切るまではいっていないはずだ。

昔から、どんな悪ふざけや喧嘩をしても許してくれた。

この家を出るときが来れば、不毛で迷惑な気持ちは絶対に封印する。

だから……、

(今はまだ、好きでいさせて……!)

自分の非を自覚しつつ、どうしても兄の優しさに甘えてしまう杏珠であった。

第三章　浴室での処女卒業式

健一が寝込みを襲われた動揺から抜け出せたのは、杏珠が去って一時間以上経ってからだった。

パリパリに乾いた精液をティッシュで拭《ぬぐ》い、ズボンとトランクスを穿き直してから、先のことを考える。

対処すべき問題は多かったが、最優先はハメ撮りじみた写真の削除だ。

杏珠は脇が甘いし、うっかり友人にバレるぐらいのことは、数日中にしでかしそうだ。

（うっわ……）

不吉な想像に眩暈《めまい》がした。

そうなったら、受けるダメージは、健一より彼女のほうが大きいはずだ。

しかし、スマホをかすめ取るのも簡単ではなかった。

杏珠だってしばらくこちらを警戒するはずだし、スマホは自然に持ち歩くから、留守を狙うのも無理がある。

ということは、彼女が家にいて、何も持っていないときが、唯一のチャンスだ。

(……風呂へ入ってるとき、とか?)

考えた健一は、反射的に義妹の裸身まで想像してしまい、息が詰まった。

ビキニとボンデージ姿を見たばかりだから、想像はやたらとリアルになってしまう。

ふっくら盛り上がる乳房。対照的に無駄な肉のないウエスト。ペニスに多大な快感をもたらしたヒップ周り……。

悩んでいる最中にもかかわらず、肉竿が鎌首をもたげかけ、健一は自分の腿を平手で強めに叩いた。

パチンッ!

乾いた音と同時に走る痛みで、煩悩を追い払う。

(迷ってる場合じゃないぞ。明日になったら即決行だ!)

何としても、一発で成功させる。

——断じて、下心なんて持っていない。

翌日は時間の進みがやけに遅く感じられて、健一はジリジリし通しだった。

しかも、杏珠は朝晩の食事をよそで済ませており、話し合う機会も持てていない。

とはいえ外泊まですることはなく、ついさっき帰ってきた。

以降、健一は自室のドアに耳を当て、ジッと廊下の気配を窺いつづけている。

杏珠が自室へ入る音は、すでに聞いた。あとは入浴時に出てくるのを待てばいい。

両親は揃って仕事が忙しい時期だから、深夜零時近くまで帰らない。親に見つかる心配だけはしなくて済む。

傍目《はため》にはバカバカしいシチュエーションながら、健一は大真面目だった。

やがて時計が九時を回り、杏珠の歩く音が微かに聞こえてきた。

足音は階段を降りるものへ変わり、また静かになる。

(待て、焦るな……。もう少し様子を見てからだ)

下へ飲み物を取りにいっただけかもしれない。

さらに五分ほど待つが、新たな動きはなかった。

これなら大丈夫だと判断し、健一は妹の部屋の前まで移動する。

「………」

「ANJU」とプレートのかかったドアを見ると、手のひらに汗が滲んだ。

妹の部屋に入るなんて、何年ぶりかわからない。しかも、これは当人の目を避けての侵入――まるでストーカーだ。

(……違うっ。正しいのは俺のほうだ!)

だいたい杏珠だって一昨日、無断でこっちの部屋へ入ってきたばかりである。

迷いから目を背けた健一は、ドアを開けて室内へ滑り込んだ。

壁際のスイッチで照明を点け、明るくなったところを見回せば、そこはいかにも少女向けの空間だ。

明るい色の壁紙に、ピンクがかったカーテン。

クローゼットやベッドも、縁が丸っこくて、どことなく可愛らしい。

壁際にかかった学校の制服が生々しい一方、胸のときめくような淡い匂いが、部屋全体に漂っている気もした。

そこでふと、ベッドの上へ放り出されているものが目に入る。

奪われた健一の写真集だ。

(うげっ……!)

いっそこれも回収していきたかったが、持っていったら、部屋へ忍び込んだと気づかれてしまう。

仕方なくそちらは諦め、布団をめくった。

ここにもスマホはない。籠もっていた妹の匂いに、鼻孔をくすぐられただけである。

さらに散らかり気味な机の上と、漫画だらけの本棚も覗いたが、すべて不発に終わった。

(どっかへ隠してるのか?)

だが、健一も良心が咎《とが》めて、机の引き出しやクローゼットまでは探れない。

そもそも考えてみれば、慎重すぎるのは杏珠らしくなかった。

(……あ、脱衣所まで持っていったか?)

そっちのほうがありえそうだ。

とすると、急ぐ必要がある。

杏珠は長風呂なほうだが、健一も時間をそうとうにロスしてしまっている。

侵入の痕跡が残っていないことをザッと確認してから、彼は妹の部屋をあとにした。

幸い、杏珠はまだ風呂から上がっていなかった。

脱衣所へ入れば、正面にあるのは、曇りガラスの浴室の扉だ。

その一枚を隔てた先に、丸裸の杏珠がいる。

シルエットこそ見えないものの、シャワーの音と鼻歌は、脱衣所まではっきり漏れてきており、健一も鼓動が速まってしまう。

それでも踏みとどまって衣類籠を見れば、呆気ないほど無警戒に、バスタオルの上にスマホが置いてあった。

気負っていたぶん、拍子抜けだが、ともあれそれを掴んで、抜き足差し足で脱衣所を出る。

ドアを閉め、暗い廊下でスマホのスリープモードを解除。

直後、顔をしかめた。

やはりというべきか、妹はパスコードを設定している。六桁の数字を入れなければ、ホーム画面を開けない。

杏珠の使いそうな番号は事前にいくつか考えてあるものの、試せる回数は限られていた。制限に引っかかればロックがかかって、再挑戦まで一定の時間が必要になる。

(それまでに当たってくれよ！)

最初に彼女の誕生日を入力して……これは外れた。

(くそ！)

微かなバイブレーションがして、焦りで指が強張《こわば》る。

次は年の部分を、元号から西暦の下二桁に変えてみた。

すると、無事に画面が切り換わる。

健一はガッツポーズを決めたくなるのを堪《こら》え、アルバムのアプリを開いた。

途端に、素股されている自分の姿が、ズラッと表示される。

一つ一つのサムネイルは小さいものの、自分の悶える連続写真など、地雷原も同然だ。ぶっちゃけ吐きたくなるくらいだ。

おぞましい写真をできるだけ見ないようにして、一括削除するためのチェックを、どんどん付けていった。

新しいものからどんどん遡《さかのぼ》るうちに、行為中のものだけでなく、呑気な寝顔まで何枚も出てくる。こちらは光源が常夜灯のみで、全体的に赤っぽい。だが、デジタル補正によって案外はっきり写っていた。

(あいつ、こんなのも撮ってたのか……)

寝顔など脅迫の武器にならないだろうに。

ともかく、これもまとめて選択をする。

そして最後は――、

（え？）

健一は目を疑った。

そこには彼だけではなく、杏珠もいっしょに写っている。

いかにも自撮りらしく、肩を不自然に捻り、眠る兄へ寄り添って、頬にそっとキスしている。

しかも、この写真だけ、お気に入りを示すマーク付きだった。

（どういうことだ、これ……⁉）

小さいままでは、杏珠の表情がよくわからない。

健一は他の写真を先に削除し、震える指で一枚目をタップした。

拡大してみれば、杏珠は別人のようにしおらしい。暗い中にもかかわらず、伏せたまつ毛の震えまで、鮮明に伝わってくる。

健一が呆然となっていると、ガララッ——浴室の扉の開く音が聞こえた。ついで、杏珠の悲鳴が……。

「え……あ、あああああっ！」

一瞬後にはドンッとドアが荒々しく蹴られ、焦りと怒りの混在する喚き声が飛んできた。

「ちょっとあにき！　そこにいるよねっ？　いるんだよねっ？　あたしのスマホ盗ったでしょ!?」

（やべぇ……！）

健一は逃げたくなったが、かろうじて残った判断力を総動員して言い返す。

「お前が変な写真を撮るからだろ!?」

「そこにいてよ！　いいっ!?　逃げたら全殺し！」

もはや、会話が成立するか疑わしい。

それでも待っていると、二分と経たず、杏珠が走り出てきた。

濡れた茶髪はセットもされないまま、額や肩へかかっている。パジャマは留められたボタンが一つずつずれて、合わせ目を不格好に緩ませていた。

顔が真っ赤なのは、湯上がりと憤怒《ふんぬ》の両方が原因だろうが、気が昂《たかぶ》りすぎたせいか、泣きだす寸前のような目つきだ。

「返してよ、馬鹿っ！」

彼女は棒立ちの健一から、スマホをひったくる。

すぐさま、開いたままのアルバムへ目を落とした。

「あ……」

小さな吐息を漏らした。

「よ、よかった……残ってた……」

安堵した声音《こわね》はあまりに愛おしげで、健一も聞き違えようがない。

今まで、ずっと嫌われていると思っていたのに。

これではまるで……。

「……その写真、そんなに大事だったか……？」

「っ……な、なにっ？　悪いっ!?」

聞かれた杏珠は、かばうようにスマホを抱きしめる。瞳には怒りが残るものの、狼狽も色濃くなっていた。

「お前、俺を嫌いじゃなかったのかよ……？」

健一が質問を重ねれば、ふてくされたようにそっぽを向く。

「泥棒のあにきなんて……その……嫌に決まってるじゃないっ……」

だが、そんな言い方では信じられない。

「本当に嫌いなのか？」

「……！」

追いつめられた彼女は、再び健一を睨み、居直ったように叫んだ。

「嫌いだよっ！　あにきなんて大嫌いっ！　嫌い嫌い嫌いっ！　これでいいでしょ!?」

直後、床を蹴って、弾丸さながらに兄の横を走り抜けようとする。

しかし健一はとっさに、その腕を捕えていた。

「つっ……は、放してよ！　暴力あにきっ！」

「いいや、放さない……！」

もはや抑えが効かず、彼は蓋《ふた》をしてきた己《おのれ》の想いを、引っ込めようのない言葉で吐き出してしまった。

「……俺は、お前を大好きだよ、杏珠！」

刹那、もがいていた杏珠が身を竦ませる。

「そ……っ！　それって……そのっ、兄妹としてでしょっ？」

「違う」

健一は首を横に振りながら、覚悟を決めた。両親の気持ちを裏切ることになるかもしれないが、一語一語しっかりと妹へ告げる。

「……俺たち、血が繋がっていないんだよ」

「えっ……!?」

今度こそ、杏珠は完全に凍りついた。自由だったほうの手も身体の脇へ降りて、スマホを落とさなかったのが嘘みたいだ。

そうやって十秒近くも立ち尽くしたあと、何かに操られるように、虚ろな声で聞いてきた。

「……なんで今になって……そんなこと言うの……？」

「悪い……。パニックのお前を見ていたら、我慢できなくなったんだ。俺はずっといい兄でいようとして、それが正しいと思ってきた。だから……お前がそうしてほしいなら、この先も」

「あにき、ズルいよ……っ。そんなふうに言われたら、こっちだって認めるしかないじゃん……！」

杏珠は身体ごと向き直って、がむしゃらにしがみついてきた。

「あたしだって、本当はあにきが好きだよっ！　だから抱きしめて！　話はあとで聞かせてもらうから……っ！　今はとにかく抱きしめて！」

健一は言われたとおりにする。

だが、彼も気持ちが先走っていた。

妹の肢体が折れそうなほど細いとわかるのに、どうしても力が強くなってしまう。

腕の温もりや柔らかさも、気持ちにゆとりがなくて判別しきれない。

「……好きだ、杏珠」

呻《うめ》き混じりに呼びかければ、杏珠は震え声を返してきた。

「あたしも……あたしもぉっ！　ずっと、ずっと、ずっと！　大好きだったんだからぁっ！」

続く言葉はすべて、嗚咽《おえつ》に紛れる。

彼女が泣きやむまでの間、兄妹二人、そうやって抱き合っていた。

杏珠が落ち着くのを待ち、健一は彼女をリビングへ連れていった。

「……ほら」

ソファへ座らせてから、レンジでほんのり温めたミルクのマグカップを差し出す。

「ありがと」

受け取った杏珠は、真剣に見つめてきた。

「じゃあ、話して。血の繋がりがないってどういうこと？」

「うん……まあ、俺だってガキだったし、細かいことは知らないんだけどな」

彼女の正面に腰を下ろした健一は、自分の父と杏珠の母が再婚したことを教える。

他にわかることといえば、仕事の忙しい両親に代わり、双方の家の祖父母も持ち回りで面倒を見にきてくれたことぐらいだが、これは再婚と直接の関係がないし、杏珠だって覚えている。

分け隔てなく可愛がってくれた親たちには、感謝しかない。

「父さんも母さんも同じ会社勤めだからさ、たぶん、そこで知り合ったんじゃないか？　部署は違っても、会う機会は多かっただろ」

最後に想像を交えて締めくくると、杏珠は情報を咀嚼《そしやく》するように頷《うなず》き、ミルクへ口を付けた。

それから息を吐く。

「どうせなら、もっと早く教えてほしかったよ。マジできつかったんだからね？　あたしの中であにきの存在が大きくなっていって、普通の兄妹でいなきゃって考えるほど、頭の中がグチャグチャになっていくの」

「……ごめん。けど父さんたちも、いつか本当のことを教えるつもりだったはずだよ」

兄の謝罪に、杏珠は意外なほど早く、穏やかな笑みを浮かべた。

「もう、いいけどね。何年も違和感がなかったってことは、家族がそれだけ自然だったってことでしょ？　お母さんは幸せで、お父さんもちゃんとあたしのお父さんで」

「……だな。俺もそう思うよ」

男というより兄の目線で、健一は嬉しくなった。

もっとも、杏珠はすぐにおどけた態度で身を乗り出す。

「やー、よかった、よかった。あにきが橋の下で拾われたとかじゃなくって」

「んなわけあるか」

健一は苦笑いしながら、妹の強がりに乗ってやった。

そこへ上目遣いの提案だ。

「ねえ、あにき……？　お母さんたちはまだ帰ってこないだろうしさ。恋人同士になれた記念で、お風呂へいっしょに入っちゃおうよ。ほんとは昨日もそうしたかったんだよね」

「は……ぁっ？　え？　えええっ!?」

シリアスのあとにこれでは、落差がありすぎて、理解が追いつかない。

真剣なのか、それとも冗談か。

目を細める妹の表情は、どちらとも見える。可愛いかった。

「お前っ……何を言いだすんだよっ？」

「いいじゃない。連続で二度お風呂使ったって」

「じゃなくてだなっ⁉」

「あ、そこまでの『好き』じゃなかった？　あたしの勘違い？」

杏珠がいきなり大きな瞳を潤ませた。

「んなことないって！」

健一も睨まれるのには慣れているが、泣き落としには免疫がない。

「俺はお前を大好きだし、彼女にしたいぞっ⁉」

「じゃあオッケーだ」

言質《げんち》を取って、杏珠はしてやったりと言いたげな笑顔へ戻った。

あとはミルクを飲み干し、ソファから腰を上げた。

「あにきは先に頭でも洗っててよっ。あたしは準備があるからっ」

そう言い置いて、返事も待たずにリビングから出ていく。

健一は背もたれに寄りかかって、天井を仰いだ。

「まったく……あいつは……」

気を張っていただけに、最後の会話でかなり疲れた。

わだかまりがなくなろうと、妹のマイペースな気性は変わらない。むしろ今後は、見え隠れする程度だった小悪魔っぽい面が、全開となるのだろう。

結局、振り回されるのはこれまでと同じだ。

(……あいつと……風呂……入るのか)

ああまで乗り気だから、もはや冗談という線はなさそうだ。

昨日のフェラチオや素股と違って、今度はどちらも合意の上でやることになる。

二人で身体を洗いっこしたり。

もっとすごいことをしてしまったり……考えだすと止まらず、顔が熱くなってきた。

(お……おいおいおいっ……！　本当にいいのかっ？　大丈夫なのか!?)

昨日まで、彼女ができるなんて夢にも思っていなかった。ましてや相手はあの杏珠だ。

健一はぬるくなってきたミルクを飲むが、喉の渇きは癒えなかった。

挙動不審な足取りで風呂へと入った健一は、杏珠に言われたとおり、頭から洗いはじめる。

とはいえ、まだ混乱は大きい。

あんなにピュアな告白のあとで、欲望をあらわにしていいのか迷う反面、ペニスは早々と上を向き、腹を叩かんばかりになっている。

そんなだから、髪は十分泡立ったものの、湯をかぶる踏ん切りがつかなかった。

杏珠は何を用意しようというのだろう。

またとんでもない格好をするのかもしれないし、変な小道具を持ち出すかもしれない。

やがて、垂れてきたシャンプーで肩がくすぐったくなり、男のくせに乳首まで尖ってしまう。

それに耐えきれなくなって、健一はやっとシャワーで頭を流した。

次の瞬間、タイミングを見透かしたように、脱衣所から声を投げかけられる。

「あにき、入るよ。いいよね?」

「んんっ! んーっ!」

返事しようとするが、口の中に湯が流れ込んでしまうため、
言葉の代わりに、頷くニュアンスの唸り声を発した。

杏珠もすかさず踏み込んでくる。

「おっ邪魔しまーすっ!」

果たして、彼女はどんな準備をしてきたのか。

健一がシャワーを止めて、濡れた髪をどかしながら振り返ると、妹は黄色のレインコート姿だった。

薄くゴワつく地味なビニール素材で全身を覆い、フードまでかぶっている。

「……え……？」

色気と無縁のこれは、さすがに想定外すぎた。

だから、とんちんかんな感想を述べてしまう。

「か、完全防水で来たな……？」

「ふふーん、残念そうだねー、ムッツリあにき？」

杏珠はニンマリ笑って、見せつけるようにボタンを外しはじめた。

飾り気のない衣装の前が開くと、出てきたのは、昨日も健一を惑わせたストライプ模様のビキニだ。

美乳の頂《いただき》を三角形の布が、股間を極小のローレグパンツが隠すだけの、あの際どい姿。

杏珠はさらにフードを外し、長い袖から腕を抜いた。

「どう？ どう？ ただ水着で来るだけよりよかったっしょ？」

脱いだレインコートを浴槽の蓋へ引っかけて、杏珠は両手の甲を腰へ当てる。座った兄のほうへ上体を傾け、太腿を半分重ね、グラビアアイドルさながらのポーズだ。

この早変わりには、健一も悩殺された。身を彼女のほうへ捻ったまま、勃起ペニスを隠すことすら忘れてしまう。

「……よく考えついたな」

「前に海外ドラマに出てきたデザートであったからね。平凡なパイ生地を割ると、中からすんごいお菓子が出てくるヤツ……って」

自慢げだった杏珠も、兄の股間に気づいた。途端に態度が、困惑と照れの混じったものになる。

「あにきってば、昨日より気が早くなってない？」

指摘されて、健一は今さらながら股間を手でかばった。

「お前こそ、昨日からずっと、とんでもないじゃないか！」

「ぅ……！　か、過去のことはもうチャラなのっ、早く忘れて！　ほらほらっ、反対向いてってば！」

杏珠は捲し立てつつ、しゃがみ込んで健一の肩を掴み、急《せ》かすように蛇口のほうに向かせる。

とはいえ、そちらには鏡もあった。湯気で曇っていようと、半裸の輪郭ぐらいは見えてしまう。

「あたしが背中、洗ってあげるね……っ」

杏珠は健一の脇から身を乗り出し、洗面器の中にあったタオルを取った。水気を軽く絞ったら、腕を伸ばす体勢のまま、蛇口脇にあったボディソープのポンプを二回押す。

あとはいったん下がり、泡でいっぱいにしたタオルを兄の肩へあてがってきた。

「ぅく……っ!」

軽く触れられただけで、健一は背筋が硬くなる。普通に知っているはずの微細な泡が、妹の手を通すと悩ましい。

もっとも、後ろからはクレームが来た。

「ぶ、不気味な声をあげないでよ……っ」

「不気味は酷いだろっ? 曲がりなりにも告白後だぞっ!?」

「うっわー、彼氏ヅラうっざー!」

杏珠はそう言いつつ、タオルをしっかり当て直してくれる。声音も優しくなって、

「ええと……これぐらいで、いいよね?」

「ん……ぁあ、今度はちょうどいい……」

健一も姿勢を正して答えた。

しかし、自分でやるのと違う弱さで擦られつづけるわけで、小動物へじゃれつかれるみたいな気持ちよさが、延々と皮膚へ浸透してくる。

考えてみれば、不気味という指摘にも一理あった。

曇った鏡にぼんやり映るだけでも、自分の身じろぎはみっともない。

それなのに、妹は手を背筋へ、さらに脇腹にまで移す。

「うっ、くふぉっ!?」

背中はともかく、脇腹へこの手つきだと、くすぐったさが復活してしまった。

途端にまた、杏珠が文句を吐く。

「だからぁっ……あにきがモジモジしたってキモいだけなんだってば!」

「お前は本当に遠慮がないな……っ!?」

だが、内心で彼女の正しさを認めてしまったあとだけに、いっそう恥ずかしくなる。

健一はふざけたフリで背後へ尋ねる。

「つ、次は俺がお前を洗おうか?」

「え……っ」

杏珠は可愛く息を飲んでから、

「もうっ、調子乗るなっ」

タオルではなく指で脇腹を突き出した。

こそばゆさは一瞬のうちに猛毒さながらとなり、牡の神経を乱す。それでも指は止まらず、頭の中やペニスの芯まで間接的な刺激で引っ掻き回した。

「おいっ、それやめっ……待てっ、ストップっ！　俺が悪かった！」

健一が前のめりで白旗を掲げても、まだ許してくれない。

拷問は二分ほど続き、手が止まったときにはもう、健一も息が上がっていた。

「おま……えっ、悪乗りしすぎ、だぞっ……！　いや……っ、先に言ったのは、俺だけど、さ……っ！」

切れぎれに言うと、いきなり杏珠がもたれかかってくる。

当然のようにバストも押しつけられて、原形を留めないまでにフニュッとたわんだ。

「いっ……!?」

布越しとはいえ、健一が生まれて初めて触れる感触だ。

驚くほど柔らかく、クッションやスポンジなど比ではない。

それどころか、熱気によって蕩けかけているのではないかとすら思えた。反面、鼓動は早鐘のようで、力強く伝わってくる。

続けて細い腕が、健一の腋の下を潜り、胸板へ巻きつけられた。

「お、おい……！」

タオルは脇腹を責めるために投げ捨てられていたから、肌へ当たるのは、白魚のような十指だ。しかもうねり方は、濡れた刷毛《はけ》を連想させる柔軟さだ。

「どっ、する気だよっ……今度はっ!?」

「前も洗ってあげるの……っ」

兄の鼓膜を囁きでなぞった杏珠は、ゆっくり手を蠢かせる。

だが、かろうじて触れる程度で、感じやすくなった兄を刺激するのは、明らかに汚れを落とすのが目的のやり口ではなかった。

「んあ……ぁ……あにきのエッチぃ……身体を洗ってるだけなのに……こんなに、んんっ、ドキドキしちゃってぇ……」

「お前こそっ……やり方がエロい、ぞっ……」

答える間に、健一はむず痒さが体内からはみ出そうだ。

「あっ……あたしは……あにきのレベルに合わせてるだけ、だもん……！」

そう言いながら、杏珠も全身を健一へ擦りつけて、語尾を揺らがせる。

「は、ぁぁぁ……っ！」

密着によって際立つのは、やっぱりバストのひしゃげ方だった。

彼女が円を描くように動くから、柔肉は水着越しに兄へ引っかかり、進むのと逆方向へ傾きつづける。

パッドの下では、乳首もしこっているに違いない。

「あにきぃ……あたしの洗い方……悪くないよね……？　あの本みたいに、ちゃんとやれてる……よね……っ？」

息遣いは恋心が剥き出しだ。

それを聞いて健一も、似た場面が写真集にあったのを思い出す。

あのモデルは、ソーププレイをするように、水着姿でガラス板へ胸を擦りつけていた。次のページでは、全裸で泡まみれになっていた。

そういえば、ボンデージ衣装を纏って、拘束したマネキン人形を撮影するシチュエーションもあったはずだ。

(あれって……全部、俺の趣味を反映してるつもりだったのか……)

「あにきのレベルに合わせる」というのも、あながち嘘ではなかった。

そう悟るや、膨らみすぎた妹への愛情で息苦しくなる。

勃起ペニスも触られる前に暴発しそうだ。こっちは当たるものがいっさいないから、悩ましさがよけいに捩れた。

「あにき……教えて……っ、あたしの洗い方、どぉっ？」

いつしか、杏珠の手は健一の乳首へ集中している。

指の腹で出っ張りをクリクリ転がし、ときには強く引っ掻いてきた。

豆粒より小さい男の乳首でも、感度を研ぎ澄まされれば弱くなる。まして、泡まみれで滑りやすければ堪らない。

撫で回されて神経が毛羽立ち、爪が当たれば、痛みの少し手前で疼きが弾けた。

「ああ……気持ちよくて……俺好みだよっ……」

健一だってオナニーぐらいしている。自分のどこが感じやすいかなんて、把握していたつもりだ。

しかし、杏珠に何かをされるほど、その認識が崩れてしまう。男とまったく違う緩急の付け方に、思いがけないタイミングで肉悦が跳ねまくる。

「つ、おぉお……っ!?」

むず痒さが弾けるたび、彼はバスチェアから転がり落ちかけた。

とはいえ杏珠も、触れ合う場所すべてに刺激が跳ね返ってくるらしく、減らず口が覚束《おぼつか》なくなってくる。

「はふっ……んっ、あぁっ……あにきってば男のくせに……乳首立たせちゃってぇっ……はぅっ……は、恥ずかしいんだぁ……っ」

だから、健一は悪戯心も煽られた。

ペニスはひたすら切ないままだが、それを満たすよりも先に、杏珠へ同じことをやり返したい。

とうとう耐えきれず、妹の手首を摑む。

「俺、やっぱり杏珠のことも洗いたいんだ……やらせてくれよ」

照れ隠しが半分だったさっきとは違い、今度は本気だ。

それが通じたのか、杏珠も驚いたような間を置いたあと、小さく頷いた。

「うん……やっぱりあたしも……あにきにしてほしい、かな……」

声音は夢見るように熱っぽかった。

というわけで、二人は身体の位置を入れ替える。

今度は健一が、後ろから杏珠を擦る役になった。

使うのはタオルではなく、妹専用のスポンジだ。それを大量の泡で満たす。

「始めるぞ……？」

だが、自分から言いだしておいて、どう触れるかで迷ってしまう。

成長した妹の後ろ姿を、至近距離からここまでじっくり眺めるなど初めてだ。

肩といい、二の腕といい、迂闊《うかつ》に扱えば砕けてしまいそうだ。しかも、髪が前方へ垂らされて、うなじの細さまではっきり見て取れた。あらゆるパーツのサイズが、男の健一より、ずっと小さい。

それでいて、きめ細かな表面の張りは、水滴を弾くほど瑞々《みずみず》しかった。

つい凝視してしまう健一を、杏珠が促す。

「待たせないでよぉ……エロあにきぃ……っ」

さっきまでと打って変わった受け身な姿勢に、声音も消え入りかけだ。

この呼びかけで、健一の肚《はら》も決まる。

「わかったよ……っ」

眼前で固まる肩へ、スポンジを当てた。

それだけで、杏珠はおおげさに背筋を反らせる。

「ひゃっ!?」

「うぉっ？　お前だって俺みたいな反応するじゃんか！」

「い、いいのっ、あたしは可愛いから！」

「どういう理屈だ。じっとしてろって！」

言葉で反撃してから、健一は手を使いはじめた。

シミ一つない杏珠の肌の上ならば、スポンジをすこぶる滑らかに走らせられる。肩甲骨や背筋のラインに薄く付いた肉も、手応えを柔らかくしてくれる。

そこへヌルヌルの泡を広げていくなんて、むしろ穢《けが》しているようだ。

健一は性欲のブレーキが利かなくなりそうで、あえて妹へ話を合わせた。

「まあ……確かにお前は可愛いよ」

もっともこのセリフは、日頃の不器用さとかけ離れていて、よけいに杏珠を動揺させる。

「どうしちゃったの、急にっ？　変なこと企《たくら》んでないよねっ!?」

「いいだろっ、本当にそう思ったんだから……っ」

言いながら、健一は腰の括れも丹念に磨いた。

こちらは杏珠が暴れたら危ないので、くすぐったくない力加減を意識する。スポンジが潰れて、中に溜まったボディソープが染み出るぐらい強く……。

杏珠のウエストは細いのに、内へバネのような躍動感が秘められていた。押せば、引き締まった肉づきが愛おしい。

「あ、ぅ、ぅう……あ、はっ……あにきが、可愛いって言ってくれたぁ……」

息遣いも心地よさげになった。

やがて、彼女は後ろ姿の大部分を白い泡で覆われた。若々しい裸身が粘っこく光る様は、やっぱり淫靡としか言いようがない。

だが、ここまでやったら、健一はもっと続けたくなる。

杏珠の真似にこだわるとなると――、

「前も洗っていいか？」

「……うん……」

杏珠も頷《うなず》き、出迎えるように両腕を浮かせた。

それから気丈に言ってくれる。

「了解を取るような言い方、もうしなくていいよ……っ。あたし……嫌だったら、ちゃんと言うから」

「そうか……？」

妹の性格ならそうかもしれない。

健一は少し気が楽になって、スポンジを浴槽の蓋の上へ置いた。さらにブラのストラップの結び目を解《ほど》いた。

カップを傍らにどけたら、内側へ両手を滑り込ませ、ふっくらしたバストを二つとも鷲摑みにする。

「は、ぁあっ！」

「っ……！」

女体の震えを感じつつ、彼自身も陶然とさせられた。

何せ、初めて生で触れる本物の乳房だ。

服越しに見るより大きいし、思った以上に重たい。

しかも魅力的な弾力でできているような手応えだった。

変形するそこを無理に揉もうとすれば、ムニュッと滑って、手からこぼれてしまう。

「お……っ」

次の瞬間、乳肉は即座に元どおりとなって、再びボリューム感を意識させてきた。

これを境に、健一はもうふくよかさの虜だ。

憑かれたように指を屈伸させて、たわみぶりを堪能しはじめる。ちょっと弄《いじ》る角度を変えるだけでも、味わえる質感に違いが出た。乳房のほうもはしたなく歪んだ。

「やぁん……！　あにきの手つき、やらしいよぉ……性格出しすぎぃ……！」

杏珠は嘆くように息を吐くが、嫌だとは言ってこない。

だから、健一も調子づいた。鏡が水滴で完全に見えなくなってしまったので、身を伸ばし、杏珠の肩越しに前を覗き込む。

モデル顔負けの綺麗なバストは、もはや上から下まで泡だらけだった。

しかも、フニフニ歪むその向こうに、擦り合わされる美脚まで見える。

劣情と、それに妹と遊んでいるような童心が、もつれ合うように健一の中で募った。

「俺は杏珠にお返ししてるんだよ……っ。さっきはこういうのもされたよな？」

彼は二本の人差し指を浮かせると、ピンボールのレバーよろしく、乳首を連続して弾いた。

妹の突起は小指の先ほどの大きさまで膨らんでおり、ツンと硬い。

小生意気なそこを嬲れば、バネでも仕込まれているかのごとく、根元から派手に跳ねる。

「ふあっ、やっやっやぁあっ！　あたしっ、そこまで乱暴にはしてないってばぁっ！」

杏珠は傾けた首をわななかせ、尿意を我慢するような内股になった。同時に、両手で兄の腕や手首をまさぐる。

「あ、あにきのほうが……絶対エッチだぁ……っ！」

杏珠はシラを切ろうとしているが、健一は逃がさない。

「そっちだって、これぐらいやってきたぞっ？」

そう言いながら、愛撫の速度をさらにアップだ。

ツンツンツンツンッ。クニクニクニクニッ。

こうすると、突起が指に引っかかってすぐ離れるから、健一もこそばゆくなる。

まして、性感帯を直撃される杏珠の身ぶりは、兄よりずっと大きかった。

「や、あっ、んああうっ……！　わかったよぉ、あたしもエッチだってっ、認めるからぁ……っ……！　触るのはっ、もっとしっかりがいいのぉおっ！」

「それって、こういう感じかっ？」

健一はリクエストを聞き入れて、きつく左の乳首を摘んでみた。もっとも、ボディソープでまた滑ってしまい、接触は一瞬強くなるだけだ。杏珠もますますわななないて、

「ひゃぅうううっ！　そういうのじゃっ、ダメなのぉおっ！」

しかし、本気で嫌がっているようには聞こえない。

健一も今の反応を繰り返し見たくなった。

だから弾力に満ちたピンクの突起を、引っ張ってはわざと取り逃がす。

その振動が乳肉に届き、ふくよかな曲線は、丸ごとプルンプルンと波打った。

一方、右の乳首へは軽く弾くような愛撫を続けている。カリカリ弾き、引っ掻いて、生殺しめいた痺れを増幅させた。

「あ、あにきのバカぁあっ……！　意地悪ぅっ！　あとでまたっ、あたしが酷い目にっ、ふ、あっ、やぁああっ⁉」

杏珠の反抗的なセリフが途切れたのは、健一が思いつきで耳たぶを舐めたからだ。それも一擦りではなく、もっと上や後ろ側も、しつこいほどに捏ね回す。

「あンっ、洗ってるのに唾なんてつけてたらぁ……っ、意味ないじゃんっ……んぅあっ！」

彼女は耳もウィークポイントらしい。積極的に腰を擦りつけてきて、もっとされたがっているとしか思えない。

サドとマゾは紙一重だ――健一はどこかで聞いたことがあった。

たぶん、杏珠にもそれがあてはまる。責めるときは嬉々としていたくせに、やられる立場になって、みるみる弱くなった。

まあ、自分だって同じだ。手錠で拘束されて、手コキと素股でイカされたのだから、両方の性癖を持っている。

つまりは似た者兄妹。

健一は杏珠との一体感で心が躍り、右手を下へスライドさせた。

「ここも洗おうな?」

小声で呼びかけながら、お臍の窪みも執拗になぞる。

こちらは極小の落とし穴に嵌《はま》るような感覚がいい。美麗だった形を、上下左右へ伸ばせるのも愉しい。

微細な泡はすでに潰れ、少女の肌へ練り込まれるのは透明な粘液だけだ。

「も、もう焦らすの禁止ぃっ……! ねぇっ、こっちにもぉっ!」

杏珠は耐えきれなくなったように、健一の手へ自分の手のひらを載せた。

密着の度合いを強めるのみならず、愛しい兄を下まで誘導しはじめる。連れていったのは、股間を守るパンツの端だ。

「いいんだな……!?」

秘所は乳房以上に特別な場所だから、健一はあえて念を押す。

幼い頃には母とも風呂へ入ったが、そのときに見た大人の秘唇の形なんて、とっくに忘れている。いい加減な気持ちでは触れない。

とはいえ思春期以降、密かに憧れてきた部位でもあった。

聞かれた杏珠も、あられもない本音を吐き出してくれる。

「だからぁっ……了解なんて取らなくていいのぉっ！　そこが一番っ、あにきにやってほしい場所なんだからぁ……っ！」

「っ！　わかったっ！」

ここまで言われたら、進むしかない。

健一は己《おのれ》を励まし、パンツの中へ手を入れた。

それだけで溜まっていた火照りに包まれ、愛液が指先へたっぷり広がる。

ヌメリの量はボディソープの比ではなかったし、陰毛がまったくないから、ツルッと滑って容易に陰唇へ到着できた。

「おっ……おおっ!?」

驚く健一を、杏珠は半泣きじみた声でなじってくる。

「あたしが濡れてることぐらいっ、わかってたんでしょ……っ？　ちゃんと、続けてよぉっ！」

「っと……悪い！」

杏珠も初めて愛撫を受け入れ、感情がオーバーフローを起こしているのだろう。

彼女へ詫びた健一は、さっそく大陰唇の上で愛撫を蠢《うごめ》かせた。

恥丘の柔らかさは、乳房とよく似て、変形しやすい。押すそばからたわんでしまう。

まずはその外側をなぞり、ボディソープを愛液で洗い落とした。

「は、ぁ、ふぅうっ……！」

杏珠は四肢を硬くしているが、それは身震いを我慢し、兄の手管《てくだ》を余さず受け入れるためらしい。

彼女の健気《けなげ》な声に聞き惚れながら、健一は、中指でヌルつく割れ目を小突きにかかった。

大陰唇の間からは、薄い小陰唇が二枚、貝の舌のようにはみ出しかけている。

感度は大陰唇よりずっと大きいはずで——などと健一が頭を働かすまでもなく、杏珠は「ひうぅ!?」と背中を押しつけてきた。

「痛かったか？」

「ううん……平気っ！　つ、続けてぇっ！」

「了解だ！」

健一は割れ目へ指をめり込ませた。

それを小陰唇もウネウネ受け入れてくれる。

秘所はしばしば下の口に喩えられるが、弄ってみれば、それがぴったりだとわかった。

挟む密着感はフェラチオの舌遣いと近く、パンツの外までこぼれる愛蜜は涎《よだれ》さながらのふしだらさだ。

押し寄せる火照りに至っては、口内よりも凄かった。挟まれた指を存分に蒸されてしまう。

そんな貪欲《どんよく》さに励まされ、健一はもう進めない谷間の奥まで行き着いた。そこに敷き詰められた粘膜も、待ち焦がれていたように熱く吸いついてくる。

火傷《やけど》しそうな指を上下に往復させてみれば、一カ所だけ、奥へ進めそうな穴があった。

（あ……！）

きっと、ここが膣口だ。

とはいえ、逸《はや》る気持ちをねじ伏せ、健一は指戯を穴周りだけに絞る。

爪で傷つけないよう気を配り、入り口を拡げるつもりで、指の腹を押しつけた。右へ左へ丸を描いていくと、男を知らないはずの膣口粘膜も淫らな素質をさらけ出す。

刺激でヒクッヒクッと痙攣したり、ペニスを欲しがるように縮こまってみたりする。

さらに杏珠は上の口でも、兄への想いを迷いなく吐き散らすようになっていた。

「あにきの指……ぃ……太くて、でも優しくて……ぇっ、あたしっ、好きっだよぉっ……や、んぅうふっ！　こういうのが、ぁっ……欲しかったのぉ……！」

切なくビブラートがかかるそこへ、さらなる水音が混ざる。

「杏珠のここっ、燃えるみたいになってるな……!?」

「ふぁああっ！　うんっ、あたし熱いの！　熱くてっ……弄られてるとっ、止まらなくなっちゃうぅっ！」

「杏珠っ……！」

健一もそろそろペニスのもどかしさが振りきれそうだった。

何しろ、男をイカせるための蠕動《せんどう》を指で感じつづけているのだ。

早く杏珠と繋がって、これを牡粘膜で感じたい。

きっと気持ちよさは素股の比ではなくて、よほど頑張らなければ、醜態を見せてしまうだろう。だが、それでも……、

「俺、お前を抱きたい！」

思いの丈を吐くと、杏珠は言葉だけで達しかけたように、ビクリッと打ち震えた。

「あ、えっ……んあぁあっ!?」

膣口もいちだんと収縮して、指の端を啜る。

「杏珠……！」

力強く名を呼ぶと、彼女は夢見心地から引っ張り上げられて何度も頷いた。

「うんっ、してっ！　あたしも抱いてほしいっ！　あたしの中っ……お兄ちゃんでいっぱいにして……っ！」

「っ！」

今度は、健一が声でやられた。

最大サイズで真上を向いていたペニスは派手に揺れ、始める前から腿が勝手に震えだす。

「なら……お前の部屋でするか……っ？」

歯の根まで合わなくなりそうなのを堪《こら》えながら聞けば、杏珠は首を横へ振った。

「ここっ、ここでしちゃおうよ……！」

「え、いいのか……初めてがこんな場所で？」

杏珠は少しだけ顔を後ろへ向けてくる。

艶めかしく発情しているのに、どこか子供っぽい表情だ。

「だって、あにきを今すぐ欲しいんだもん……！」

これで決まった。

初体験には不向きかもしれないが、健一は童貞を、杏珠は処女を、今からこの浴室で卒業する。

「いくぞ……杏珠っ……！」

健一は濡れて滑りやすい床の上で、膝立ちになって告げた。

「うんっ……嬉しいよぉっ……！　あにきとこうなれるなんて……ずっと諦めてたのに……っ」

答える杏珠もすでにビキニを脱ぎ捨て、ボディソープを湯で落としている。生まれたままの丸裸だ。

そこからうつ伏せとなるように、蓋をした浴槽へ上半身を乗せ、下半身は健一へ差し出していた。

充血した秘所は身体の下に隠れてしまうが、処女としては大胆すぎる体勢だろう。

美尻も内側から赤らんで、発情の度合いを物語る。

健一は何か温かい声をかけてやりたかった。

なのに、頭が飽和状態で、気の利いたことなど思い浮かばない。

「待たせてごめんな、杏珠……！」

どうにかそれだけ言って、左手で妹の腰を押さえた。

「んんっ！」

初々《ういうい》しい身じろぎを見下ろしながら、右手で男根の根元を握る。反りすぎていた竿の角度を低く変えて、脚も曲げ、高さを調整していった。

そこから陰唇へにじり寄る。

見えない分を想像で補い、匂い立つような太腿の間へ、逸物を潜《もぐ》らせた。

直後、亀頭が割れ目へ当たり、蠱惑《こわく》的な柔らかさをダイレクトに感じ取る。

「う、くっ！」

義妹の小陰唇は、熱で融解せんばかりとなって、ヌルつく愛液までもがいっしょに絡みついてくる。

挿入するまでもなく、激しい疼きで、肉幹が暴発しそうだ。

それはたぶん、錯覚ではない。

現に素股だけで一度イカされているし、手間取っていたら、膣内へ入る前に果ててしまう。

杏珠も、兄へ馬乗りになったとき以上の、色っぽい反応を示していた。

「は、ぅううっ！」

彼女は熱湯へ触れたように尻を浮かせかけ、健一の左手がなかったら、せっかく触れ合った二つの性器は、また離ればなれになる。

もっとも、粘膜同士がくっついたままの身震いとなったせいで、秘唇は健一の急所を強く擦る。今度は兄がわななきかけた。

「つおっ！　だ、大丈夫か……杏珠っ⁉」

「あたしは平気っ……！　あにきこそ……」

「俺だっていけるよっ」

健一は見栄を張って、膣への入り口を探しにかかった。

クレヴァスに沿い、はち切れそうな亀頭を行き来させれば、発情した火照りへ摩擦熱まで加わるようだ。

この時点で、刺激は下着越しの素股を上回っていた。まして、膣口を見つけようと亀頭へ気持ちを傾けていると、媚肉の細かな蠢動まで伝わってくる。

「はっ、はっ……ぅっ……く……！」

さっき手で弄った記憶など、ほとんど頼りにならなかった。

健一は額に脂汗を滲ませながら、己を叱咤する。

やがて、鈴口が小さな穴にはまり込んだ。

「ぅくっ！」

訪れたのは総毛立つほどの高揚感だ。

ようやく見つけられた。ここが杏珠の膣口に違いない。

「い、今から入るぞ……!?」

だが、達成感を抱いたのもつかの間、健一の胸中では、不安と期待と焦燥が混じり合った。

秘洞へ入れば、快感はさらに強まる。そう思うと、どう動けばいいか、のっけから見失いかける。

一方、杏珠は引き攣りかけている首を懸命に動かして、兄の言葉に頷いた。

「うんっ！　来てっ……一思いにっ、入れちゃって……ぇっ！」

「あ、ああっ！」

頑張れ、俺！　この期待は裏切れない！

健一はさらなる気迫を下半身へ集めて、腰を前へ出した。

押された亀頭も、膣口をこじ開け、深みへ逞しく潜り込む。

裏筋周りにまで官能のうねりが押し寄せてきて、ついで、プツッと薄い何かを突き抜ける感触だ。

「杏……珠っ！」

きっと今、自分は妹の処女膜を破った。

それを裏付けるように、杏珠もいちだんと身を強張《こわば》らせている。

「は、ぐ、ぅうぅっ！」

「本当に……大丈夫かっ⁉」

尋ねる健一にも、ゆとりはない。

まだ入り口近辺を割り開いただけなのに、縮こまった肉壁に、牡粘膜の塊《かたまり》を抱きしめられている。

むしろ、杏珠のほうが気丈に声を張り上げた。

「痛いに決まってるよっ……！　あ、あたしっ初めてなんだもん……！　でも途中でやめるなんてっ、なしだからっ！　奥っ……あたしの奥までっ、丸ごとあにきのものにしちゃってぇえっ！」

苦しいのを認めつつ、それでも尻を健一のほうへ突き出そうとする。

「無茶しなくていいってっ！　俺だって、やめねぇからっ！」

健一はとっさに左手で、義妹の動きを遮《さえぎ》った。

同時に括約筋を締めて、尿道を狭めた。彼女の分まで踏ん張るつもりで、ゆっくり、ジワジワと最深部を目指す。

「は、ぐ、ぅうっ！」

「うぁ、う、んぅうっ！」

　頭が混乱しているせいで、自分の呻きと、杏珠のか細い喘ぎが、一つに聞こえた。

　どれだけの距離を進めたのかも、さっぱりわからない。

　貫くほどに、牝粘膜の抱擁は窮屈さを増し、四方八方から殺到してくる。亀頭の次はカリ首をねぶり、段差の裏の脆い部分へも、熱い襞を纏わりつかせた。

　それから竿の部分もだ。膣壁はヌルヌルと濡れそぼっているうえに、苛烈な収縮ぶりで、牡肉の表皮を根元へしごき立てていく。

「お、おおおっ……！」

　秘洞へ入った部分は、もう肉悦が途切れなかった。しかも、矢面《やおもて》に立つのは特に感じやすい亀頭なのだ。休みなく擦られ、自分からも襞をかき分けて、今にも煮崩れを起こしそうだ。

　健一の汗は止め処《ど》なく、杏珠と触れ合っていない部分まで異常にこそばゆかった。

　目の前では、杏珠も汗だらけになっていた。とはいえ、こちらは破瓜《はか》の痛みに抗《あらが》っている最中だから、肌の赤みが痛々しい。

「あ、うぁぁっ……あにきが動いてるっ！　入って……くるぅううっ！」

想いつづけた相手と結ばれている事実を何度も噛みしめ、必死に苦しみに耐えているらしい。

俺がもっと上手《うま》くやれていたら——健一は気弱になりかけたが、己の否定は杏珠まで傷つける。とにかく精一杯やるしかない。

彼はなおも不器用に肉壺を穿《うが》ちつづけた。

そうしてついに、終点へ届く。

縮こまりながらも無数の襞が波打つようだった肉の道と違い、奥の壁は硬めの弾力でいっぱいだ。

グニッと押し返された亀頭が歪み、健一も前へつんのめりかける。だが一拍遅れで、妹へ呼びかけた。

「……俺、お前に入ったぞっ！」

杏珠も感極まったように首を縦に揺らす。

「うん……！　わ、わかるよっ……だって、あたしの中っ、あにきでいっぱいになってるもん……っ！」

「しばらくっ……こうしていようなっ」

「うんっ！」

移動による摩擦がなくなったとはいえ、ヴァギナは今も窮屈なまま襞を脈打たせている。

揉まれた亀頭のほうも、中で血流が忙《せわ》しく、隠れた官能神経を表面へ押し上げるかのようだ。

ここで下手《へた》に動けば、すぐ達してしまう。

「はぁ……はぁっ……はぁ……は、くぐっ……！」

健一がのぼせた目を下へやると、熱病で浮かされたような杏珠の美尻に心を惹かれた。

立っていれば丸っこい双丘も、今は脚が付け根から曲がるせいで張り詰めている。

ここを弄るだけなら、妹も痛みはないはずだ。

「ちょっとお前のここに触ってみるぞ……っ」

労《いたわ》りながら手をヒップに載せると、杏珠は小さく頷いた。

「う、うんっ……あにきって、やっぱりお尻が好きなんだ……？」

「やっぱりってなんだよ……！」

どんな印象を持たれているのか問い詰めたくなるが、ともかく健一は餅でも捏ねるように、臀部を解《ほぐ》しはじめた。

伸びきったそこは手のひらと容易に馴染み、切羽詰まった状況に似合わない瑞々しさを末梢神経へ伝えてくる。本当に尻フェチになりそうだ。

さらに手触りだけでなく、二つの曲線の歪む眺めも煽情的だった。

左右へ拡げてから真ん中へ寄せれば、谷間は盛大に広がったあとで、一本の線になる。

引きずられた肛門もパクパク呼吸するように、横へ伸びたり、隠れたり……、排泄器官のそこだけは、澄んだ肌の中で、唯一くすんだセピア色をしていた。指ですら通れそうにないほど小さく、皺《しわ》が中心に寄り集まっている。

揉むほどに健一は気持ちが浮き立ち、杏珠も少し肩の力を抜いた。

「あ、あにき……痴漢とかやってない、よねっ？　んんっ、くっ……弄り方っ……慣れてるっぽいんだけどっ……？」

「やってるわけねえだろっ」

そう返しつつ、義妹の冗談がありがたい。

そういえば健一も、竿に熱が集まる反面、持久力が少し増してきた気がする。少なくとも、いきなりの発射はなさそうだ。

健一は両手を杏珠の腰に戻して聞いた。

「……少し、動くぞ？」

許可なんていらないと言われているが、これぱかりは黙ったままでやれない。

杏珠も一瞬口をつぐんだものの、コクリとうなずく。そのうえで一途に求めてくる。

「動いて、あにき……！　許してあげるっ！　あたしを中からめちゃくちゃにして、いいからっ！」

「うくっ！」

健一はよけいな力が籠もり、電気を流されたみたいに肉幹が痺れた。

しばらく達しないで済むと思えたのは、勘違いだったかもしれない。

だが、無茶だろうと、気力の続く限り、杏珠の中を味わいたい。

「きつかったら、ちゃんと教えてくれよっ？」

もう一度言って、スローモーションでバックしはじめた。

その瞬間、年上めかしたセリフは、いきなり無様な唸り声となる。

「お、ぅうっ!?」

まるで出ていくのを阻《はば》むように、濡れ襞が牡肉を掻き抱いてきたのだ。特に矢の返しじみた形のエラは、窪みの奥までからめ捕るかのようだった。

疼きの激しさたるや、亀頭が丸ごとすっぽ抜けそうなほどだった。

一方、杏珠は顔を伏せ、肩も突っ張らせているものの、さっきより明らかに息遣いが浅くなっている。

「ん、くふっ！　は、ぁあうう……！」

尻弄りの間に、痛みのピークを抜けられたらしい。

これを聞いたら健一も、兄と恋人、両方の意地にかけて腰を引く。

時間をかけて動けば、粘膜同士の衝突はそこそこ和らげられた。もっとも、それだけ長くエラを磨かれて、亀頭を逆撫でされていく。

竿の皮も緩んできた代わりに、中の尿道がふやけるかのようだった。

「く、お、ぉおっ！」

熱い。とにかく、アツい。

なのに、毛穴は縮こまり、二の腕に鳥肌が立つ。妹とのセックスは、おおげさでなく人生観が変わってしまいそうだ。

どうにかカリ首を膣口まで戻して見下ろせば、竿の上で微かな血とヌラつく愛液が混ざっていた。

これこそ杏珠の処女を奪った証《あかし》だろう。

思わずストップしかけるが、義妹は下を向いたままで急《せ》かしてきた。

「ど、どうしたの……？　続けて……いいんだよぉっ!?」

思った以上に順応が早い。こうなると乳房や臍を弄られているときにもあった積極性が目立つ。

「そうかっ……うんっ！」

健一は冷静さを装うが、言葉ほどには余裕がない。

「づっ、く、ぅううっ！」

秘洞に腰を押し戻すと、やはり狭さに呻かされた。一度体験したばかりの収縮ぶりながら、牡粘膜を搾られて、またも意識が沸騰する。

それは二度目のバックも同じで、亀頭の全方位を擦られた。

持久力がついたなんて、思い違いも甚《はなは》だしい。黙ってピストンしているだけでは持ちこたえられなくなりそうで、健一は妹へ呼びかける。

「杏珠……っ！　俺、気持ちいいよっ……！　杏珠の中ってっ、すごいなっ!?」

杏珠も首を後ろへ捻じ曲げながら、涙混じりの流し目で応えた。

「あっ……んぁああっ……あにきこそっ……！　おち×ちんっ……おっきくてっ、いっぱい当たってるよぉうっ……！　あたしの中をっ……ゴリゴリ拡げてるのぉおっ！」

今や彼女は抉られる痛みまで、歓喜になっているらしい。

そんな妹にいいところを見せたくて、健一は無理やり男根を行き来させた。

ゆっくり入って、ゆっくり抜く。三回、五回、八回、十回……。

だが、律動を数えるのは、そこで止めた。意識していると、さらに限界が早まってしまう。

杏珠の嬌声もますます色っぽくて、牡の理性を侵食してくる。

「あたしの中っ、変だよぉっ！　まだ痛いのにっ、もっとすごいウズウズっ、来ちゃってるぅうっ！」

聞いていると、健一は勝手に腰遣いが速まった。

まだ荒々しさとは縁遠いが、いつしか彼の巨根は、居並ぶ襞の群れを逞しく押しのけている。

逆に下がるとなれば、エラの張り出しで、愛液を外まで掻き出していった。

これでは長く保《も》たないとわかっているのに、自覚したあとも律動を制御できない。

ちょっと動きを強めるだけで、天井知らずに愉悦が高まるのだ。それを身体が貪欲に求めてしまう。

後ろから押された杏珠も、浴槽の上で裸身を前後させていた。

「あにきぃいっ！　やっはぁあっ！　今っ、おち×ちんがまたっ、あたしの中でおっきくなったよぉおっ!?」

「杏珠っ……つぅうああうっ！」

思い余った健一は、腰へ力を掻き集めた。

自分を抑えるのではなく、逆にペースを上げて、膣の入り口から奥まで連続で打ち抜こうと決めた。

ズブズブズブッ！　ズブッ！　ズブブッ！

「お、おぉおあっ！」

実行すれば、殺到する襞の蠢きにやられ、亀頭の神経が苛烈に疼く。

杏珠も一際腰を震わせる。

「んっ……くはぁああっ!?　お、お兄ちゃぁあはぁあっ!?」

「このやり方だと……どうだっ!?」

子宮口を圧迫しつづけながら聞けば、義妹は首をガクガク揺する。

「うんっ！　うんっ！　すごくお兄ちゃんを感じちゃううぅっ！　だからっ、ねっ、してっ……いっぱいいっしてぇええっ！」

「任せっ……ろっ！」

健一は危機感を払いのけた。

始めたピストンはさらに雄々しく、出るときはわざとカリ首で襞を擦り返す。突っ込むときは終点まで一直線だ。

勢いがついたため、下腹までが妹へ衝突し、スパンキングさながらに尻たぶをひしゃげさせはじめた。その弾力が心地いい。二人とも濡れたままだから、衝突音までパチュッパチュッと水っぽくて淫猥だ。

しかも、これほどの猛攻を受けているのに、杏珠も処女だったとは思えないよがり声を吐き散らしていた。

「ふぁあああん！　お兄ちゃんっ……お兄ちゃあんっ！　あたしっ、お兄ちゃんのおち×ちんでっ、滅茶苦茶なのぉおっ！」

彼女の中から出てくる怒張には、もはやバージンだった証の血など残っていない。白く変色した愛液と我慢汁によって、分厚い膜ができているのみだ。

ブレンド汁は床にも垂れて、ここが風呂場でなかったら、大きな水たまりができていただろう。

「お兄ちゃんぅっ！　もっと苛めてぇえっ！　あたしっ、乱暴されるとっ、ぅ、嬉しくなっちゃうからぁあんっ！」

「ああっ！　どんどんやるぞ！　こんなふうにっ！」

健一は吠えながら、肉悦をがむしゃらに食い荒らした。

とはいえ、すでにゴール間近だった。無謀な抽送に呼ばれた精液が、竿の中まで迫っている。

それでも気力で尿道を狭め、頑張ろうとしたが、唐突に桁違いの重みを、怒張の芯に感じた。

「くっ、つぉおっ⁉」

自慰だと味わったことのない、圧倒的な量の精子だった。とても長くは堰《せ》き止められない。

「杏珠っ……杏珠っ……俺っ、で、出そうだっ……！」

切羽詰まった声を張り上げると、ここまで何でも認めてくれた杏珠なのに、いきなり首を横へ振った。

「だっ、だめぇえっ！　やっとお兄ちゃんとエッチできたんだからぁっ！　もっとしてほしいのぉっ！　まだイッちゃやだっ……ぃやぁぁあっ！」

だが、そんなセリフを吐くくせに、下半身は小刻みに動かしてくる。膣内の肉棒をシェイクして、休む間を与えない。

杏珠は甘えん坊の本性を剝き出しにして、剛直での蹂躙をせがんでいた。

「ねぇっ……頑張ってよぉおっ！　あたしがもっとしてあげるっ！　お兄ちゃんのおち×ちんっ、気持ちよくするからぁああっ！　ぁあっ、んぁあああっ！　痛いのもっ、気持ちいいのもぉっ、たくさんほしいのぉおっ！」

最初は無意識だった動きが、途中から自分の意思になる。ひたむきに亀頭を搾り、上下左右にグラインドさせた。

それは健一にとって逆効果でしかなくて、尿道が内から爆《は》ぜてしまいそうだ。

だが、ここまで請われたら、へたれかけていた男も喝《かつ》を入れられる。

「わかったよ！　やって……やるっ！」

もはや後先考えず、やけくそで腰を前後させた。

どう動いても牡粘膜が火を噴きそうだから、尻と腿に力を入れて踏ん張る。頭の血管が焼けそうな眩暈も無視する。

短いストロークで膣奥を滅多打ちにすれば、亀頭で衝撃が多発する反面、杏珠の悲鳴に崖っぷちの揺らぎをかけられた。

「うぁうっ！　ひうっ！　ぅああうっ！　あっあっあぁあっ！　おっにっちゃぁあんっ！　これっ、いいっ、いいよぉおっ！　あたしの身体っ、おち×ちんが突き抜けちゃううぅうっ！」

彼女も呼吸困難に陥りかけている。

ただし、やっぱり限界を迎えるのは健一が先だった。

渾身の突入をした刹那、彼はついに我慢の糸が切れて、最大級の法悦に官能神経を翻弄される。

「い、ぉおっ！　出るぅうぅううっ!?」

鋼《はがね》のように硬い肉幹は、根元が危険なまでに凝縮して、秘洞内でグイグイ反り返った。

亀頭も熱い場所へめり込みながら、祝砲よろしく多量のザーメンを打ち上げる。

その結果、内からこじ開けられた鈴口が、さらなる肉悦の餌食《えじき》となった。しかも、果てているところを濡れ襞の群れに揉まれつづけて、絶頂感が途切れない。

今度こそ健一は動けなくなって、二射目、三射目の衝撃に意識を灼《や》かれた。

ただし杏珠も、のけ反りっぱなしの兄に子宮口をほじられて、手足を派手に引き攣らせる。

「うぁあぁっ、やぁぁあんっ！　ひはっ、あっ、ぅふあぁあぁあうっ！　くはっ、つあっ、あぁああはぁああっ！」

まだオルガスムスは迎えていないようだが、声は一つ上の高みに達したように甲高くなる。

「そぉっ、だよぉおっ！　あたしっ、こぉゆうのが欲しかったのぉおおっ！　お兄ちゃぁあんぅっ！　大好きぃいいひっ！」

その声の響きの中にあるのも今日一番の幸せだった。

健一は硬直を解けないまま、天井を見上げてそれを聞く。

「お、ぅ、ふぅうおぉおっ！」

「はふっ……ぁ……ぁあぁんっ！」

長年の想いを遂げた兄妹は、なおもなりふりかまわず、全裸でわななきつづけるのだった。

＊

「……あ、あー……まだあにきが中へ入ってる気がするぅ……」

風呂を出たあと、杏珠はリビングでペットボトルのお茶を飲みながら、兄とのんびりした一時《ひととき》を過ごしていた。

彼女の姿勢は、ソファにほとんど寝そべっているしどけないものだ。

しかし行為の余韻に浸っていると、座り直す気になどなれなかった。

そこへ健一が隣から聞いてくる。

「……今も痛いのか？」

「まーねー。でも、途中から気持ちよくなっちゃったし。うんうん、あにきも初めてにしては頑張ったんじゃないかな？」

ちょっとふざけただけで、兄は渋面《じゅうめん》となった。

「初めてなのは、お前だって同じだろ？　上から目線はやめれ」

「だってあたし、ちゃんとあにきをイカせてあげたもんね」

「むっ……」

本気で負い目を感じてしまったのか、あらぬほうに目を逸らした。

杏珠はその肩を叩いてフォローする。

「真剣に受け取らないでよっ。あたし、あにきと一つになれて、すっっっごい嬉しいんだよ？」

ああ、本当に——。

こんな気持ちで兄の顔を見られる日が来るなんて、思わなかった。

しかし、健一はまだバツの悪そうな顔つきだ。それを仕切り直すためか、茶を一口飲んで、

「ところで例の写真集なんだが」

「返さないよ？」

杏珠は皆まで言わせなかった。

クラスの友人に言わせれば、ああいうのを欲しがるのは男子の性《さが》らしい。しかし、やっぱり自分以外の女に目移りするなんて認めたくない。

というか、ここであの本の話を持ち出すなんて無神経すぎだ。

（……こういうところがあにきなんだよねぇ……）

不満さをアピールするため、杏珠は上目遣いで唇を尖らせた。

「想像してみてよ。あたしがどっかのアイドルをオカズにオナニーしてたら、どんな気分になる？」

「まあ……嫌だな、俺も」

「でしょ？　でしょ？」

兄が認めたので、畳みかける。

「というわけで、あにきは今後、あたし以外でイクの禁止ねっ」

「え？　そ、それはさすがに……」

「生理とかでエッチできないときは、あたしのセクシーな自撮りを送ってあげるから！」

「だったら、オナニーだって我慢するよ。最近は個人データの流出とか多いんだから」

「そう？」

性欲よりも恋人の自分を優先してもらえることが、わりと嬉しい。

（あー、我ながらちょろい）

杏珠は少しだけ考えて、解決策を思いついた。

「じゃあ、一回使ったあとは削除ってことでっ。必要なときに言えば、また新しいのを送ってあげるよっ」

これぞ名案と思ったのだが、健一は苦笑いをする。

「お前に射精を管理されだした気分だわ……」

「不満？」

「いいや。お前も他の奴に見られないよう気をつけろよ？」

「もっちろん」

兄は自分専用で、自分は兄専用なのだから。

（あたしはね、あにきが思っているよりずっと前から、大好きだったんだよ？）

別にドラマチックなイベントがあったわけではないし、傍から見れば健一はごく野暮ったい大学生なのだろう。

それでも自分たちには、何年分もの積み重ねがある。

（子供のとき、道に迷って泣いてるあたしを、あにきは一生懸命に勇気づけてくれたよね。料理を覚えたての頃は、いっしょにいろいろ作ってみたし……っ）

そんな思い出を今一度、心の中で愛でながら、杏珠は兄の片腕にしがみつく。

「あにき、これからも末永くよろしくね！」

彼の答えは、頼もしい頷きと、頭を撫でる優しい仕草だった。

第四章　ケダモノになった兄と妹

恋愛映画であれば、好きな女性と結ばれた場面で、エンドロールに入るのだろう。

しかし健一の生活は、その後も続いていく。

次の日の朝、彼はテンションが上がっていたからか、いつもより早く目が覚めた。

窓の外は薄暗くて、時計を見ればまだ六時だ。

そろそろ両親が食事を終えて、出勤する頃だろう。今、階下へ降りれば、二人と会って話をできる。

（いや……こんなタイミングで、杏珠のことは言えねぇよな……）

四人で落ち着く次の休日まで待つべきだ——健一は布団の中で考え直した。

しかし、血の繋がりがないと独断で教えたことはともかく、恋人同士になったなんて打ち明けていいものかどうか。

交際相手ができただけなら、しばらく黙っていてもかまわなかった。というか、大学生にもなって、いちいち報告するほうがおかしい。

ただ省吾と美穂は、自分たちの保護者なのだ。彼らにとって、杏珠は大事な娘。何も知らない父たちに笑顔を向けられたら、凄まじく胸が痛みそうだった。というか、こうして一人で考えていても、後ろめたさは募るばかりだ。

それにもうすぐ、杏珠と顔を合わせる。

こちらは別の意味で、胸が苦しかった。

昨夜はまだしも自然に話せたが、今は彼女の些細な仕草を思い出すだけで、息が詰まりそうになる。

いきなり付き合うことになり、お風呂でじゃれ合って、裸で四つん這いの妹を貫いて……。

「お、ぉおおう……っ」

健一は顔面を両手で覆い、不格好に背を反らす。

いくら美少女の妹と付き合うことになろうと、自分は一介の学生にすぎず、こういう冴えない場面とも無縁になれないままだった。

自室で時間を潰した健一は、煩悶しつつ、いつもより早くキッチンに立った。

（……この際、凝った料理を作ってみようか？）

杏珠を驚かせられれば、昨夜の砕けたノリに近づけるかもしれない。

そう目論《もくろ》んでいたのに、突然、背中に声をかけられてしまった。

「あっれ、あにき……今朝は早いね？」

「そ、そうか？」

さっそく声が上ずる。

振り返れば、杏珠はやや寝ぼけ気味に立っていた。

着ているのは水色のパジャマで、布地へ少し皺《しわ》の寄っているのが色っぽい。しかも胸元のボタンが二つも外れて、可愛い谷間が見えかけていた。

茶色い髪も乱れているが、杏珠は呑気に小首をかしげる。

「兄妹で恋人だと、こういうときに楽でいいよね。普通の彼氏相手にこんな格好だったら、あたし大パニックだよ」

「あー、うん、よかったな……」

健一はむしろ、無防備な妹を目の当《ま》たりにして、ペニスへ血が集まりそうだ。それをごまかすため、早口で聞き返す。

「お、お前こそ、早起きだな」

「うん、あにきに襲われる夢を見ちゃってぇ……なんて言ったら、ムラムラしちゃう？」

「そういう冗談はやめろってば」

顔をしかめると、杏珠は声をたてて笑った。

「あははっ、あにきってば目がマジになってるよ？　あたしはこれからシャワー浴びるからさ、料理はのんびりやっててよ」

じゃーねーと手を振り、妹はキッチンから出ていく。

健一は息を吐き、ようやく力を抜くことができた。

（ああ、やっぱ焦るわ）

今朝はいつもどおり、簡単なメニューにしておこう。

付け焼刃で挑んでも、大失敗しそうだ。

それからしばらくして、健一は杏珠と食卓を囲んだ。

それぞれの前にあるのは、目玉焼きとミニトマト、それにトースターで軽く炙《あぶ》った食パンなどだ。

ここで昨夜のよがりっぷりを蒸し返すのはNGだろう。

さりとてロマンチックな話題も思いつかない。

だが、黙々と食べるのは不自然だったし、健一は平凡なところから始めてみた。

「……本当にのんびり風呂へ入ってたな。学校までに支度は間に合うのか？」

ふだんなら、杏珠は十五分もしないでシャワーを済ませ、身だしなみに時間を使う。

しかし今朝に限っては、ダイニングへ来るまでに一時間もかかり、髪の手入れすら不十分だ。

それに長く湯を浴びすぎたせいか、頬は上気し、目つきもいささか熱っぽい。

「そ、そっかな？　……ううん、大丈夫だよ。ぜんぜん余裕っ」

杏珠はそう言いながら、明後日のほうを向く。それからボソッと呟いた。

「……あにきのエッチ」

「なんでだよっ」

今の彼女の声音《こわね》は、浴室で何かしているのを覗かれたと言わんばかりだ。

それは考えすぎかもしれないが、終わらない懊悩を見透かされたようで、健一は恥ずかしくなる。

「とにかくっ……季節の変わり目は風邪を引きやすいんだ。気をつけろよっ？」

無理やり注意すると、杏珠も生意気な態度に戻った。

「その言い方じゃ、彼氏じゃなくて、あにきのままだよ？」

「……いいだろ、俺は兄貴でもあるんだから」

しかし、そう言いながら、まだペースを摑めずにいた。杏珠の一挙手一投足に目を惹かれどおしだ。

しかも彼女は、目玉焼きを一口食べたところで、黄身をトロリと垂らし、サクランボのような唇を汚した。

「……そこ、卵がついてるぞ……っ」

「え、あっ、そう？」

指摘されるや、行儀悪くペロッと粘液をねぶり取る。ペニスをしゃぶり回した、あの赤い舌で……。

「っ……！」

とうてい黙っていられず、健一は次の話題を探した。

「な、なあっ……今日は帰り、遅いのかっ？」

「え……？　いつもとおりだと思うよ？　晩御飯はあたしが当番だし。てか、さっきから話が飛びすぎじゃない？」

そこまで言って、急に杏珠は冗談めかす目つきとなった。

「なになに？　あたしと早く会いたいとか？　やだなぁ、欲望全開はよくないよぉ？　学校で体操着の自撮りを送ってあげるからさ、それで我慢してよ」

「違う！　その、まあ……しばらく家族らしいこともやってなかったし……あれだよ、久しぶりにゲームでもやらないかと思ってさっ」

吟味もせず、健一は思いつきを口走ってしまった。

とはいえ、仲が険悪になる前は、よく対戦したものだ。

杏珠もわざとらしく考えるフリをするが、悪い気はしなかったらしい。

「うーん、どうしよっかなぁ？　おうちデートっていうにはアレだしなー。……でも、付き合ってあげちゃおうっ。ふふっ、覚悟してよね、昔みたいにけちょんぱんにしてやるから！」

「前は俺のほうが強かっただろっ」

「覚えてまっせーん！」

この生意気な言動のおかげで、健一も少し迷いが薄れた。

別に両想いになったからといって、エロ一色の関係になるわけではない。

二人でやれることは、他にもたくさんあるはずだ。

——そう思った。少なくとも、この時点では……。

スマホゲームが主流の最近も、対戦となると、専用のゲーム機が適している。

夕食の片付けを終えた健一は、自室にあった据え置き機をリビングへ運び、家族共用のテレビに繋いだ。

それから杏珠とソファに並んで、勝負スタートだ。

選んだソフトは、二人の操るキャラクターと、コンピュータの動かすキャラクター、複数が入り乱れる格闘ものだった。

システム上、人間同士がチームを組んで、コンピュータと戦うモードも選べるが、勝ち気な杏珠は、場のすべてを敵に回すほうを望んだ。

結果、三回やって三回とも、健一が勝利を収める。

〝1P　WIN！〟

「あああぁっ！」

試合が終わるたび、リビングには杏珠の悲鳴が響いた。

「あにきっ！　今の集中攻撃は大人げなくない⁉」

「全部ルールの内だよ」

健一はふてぶてしく応じる。

実のところ、楽勝とは言えない状況だ。

杏珠と並んでいるだけで胸がときめくし、夢中になった義妹は、身体を傾けて腕を密着させてくる。

二人とも着ているのはTシャツだったから、何度も生の肌がプニッと触れ合った。

風呂上がりの茶髪からも、いい匂いが漂ってくる。

だが、妹も計算ずくではないらしい。

苦戦するたび、「こらっ、避けんな！」「吹っ飛べ、こいつっ！」などと物騒な独り言を漏らすのだ。

それでも、健一は色香に惑わされ、無理やりゲームへ集中せざるをえなかった。

一方、不完全燃焼の杏珠は、コントローラーを握る手を腿の上へ落とす。

「あーあ。やっぱりゲームじゃ甘い雰囲気にはなんないよねー」

「だったら勝負はやめて、映画でも観るか？　恋愛系は持ってないけど、それっぽいサスペンスなら一つあるぞ？」

渡りに船で、健一はそう提案したが、間髪入れずに否定された。

「だめっ！　勝ち逃げ禁止！」

だが、叫んだ次の瞬間、妹は何か閃《ひらめ》いたらしい。

「あ、そうだっ。ちょっとの間、あにき一人で遊んでてよっ」

跳ねるように立ち上がり、リビングから出ていってしまった。

どうせ、よからぬことを思いついたのだろうが、引き止めるにはもう遅い。

仕方なく健一は、ゲームを単独プレイへ切り替える。

とはいえ、隣が寂しくなったせいで、キャラの掛け声が急に白々しくなった。

いったんやめようかと思っていると、「お待たせっ」と言って杏珠が戻ってくる。

「あ、おかえ……おぉうっ⁉」

反射的にストップのボタンを押して妹を見るや、健一は意識まで停止しかけた。

何を血迷ったか、杏珠はチアガールの衣装へ着替えている。

ボンデージと比べれば、まだ一般的な格好かもしれないが、今回はほぼ不意打ちだ。

上のシャツはノースリーブで、青く縁どられた白地の中央に、アルファベットのロゴがプリントされていた。

ただし、本物の衣装と比べるといかがわしい。

布地は美乳へぴったりくっついて、ほどよいサイズを見せつけるうえ、お腹周りが完全にあらわだ。

「ど、どうしたんだ、その格好!?」

破廉恥なのはシャツだけでなく、スカート丈もずいぶんと短かった。プリーツのためにヒラヒラした感じが強く、ちょっとしたポーズ一つで、太腿どころかショーツまで丸見えになりかねない。色はやっぱり白が中心で、裾を青いラインが走っている。

さらにワンポイント入りのソックスの上にスニーカーまで履き、両手には大きな房状のポンポンを一個ずつ持っている。

「本格的っしょ? ボンデージと同じお店で買っておいたんだよねー」

「何のために!?」

「決まってるじゃん。コスプレ好きなあにきの弱味を握るためめっ」

「だからって、なぁ……!」

「というわけで、あとの勝負はこの格好でするからっ」

「マジか」

「マジマジ!」

杏珠はまた健一の隣へ座る。

「さ、続きっ。今やってる一戦が終わるまで、待っててあげるねっ」

「ぅ……っ」

健一は画面へ目を戻し、一時停止を解除した。

だが、さして強くないコンピュータ相手に、連続攻撃を食らいだしてしまう。

さらに杏珠が、コケティッシュに耳打ちしてきた。

「がんばれ、がんばれ、あ、に、き！　フレーッ、フレーッ、あ、に、きっ！」

「うぁっ、えっ、おっ!?」

応援というには、あざとすぎる声色に、ズボンの下でペニスが盛り上がった。それを隠そうと画面へ身を乗り出すが、きっと妹にはバレバレだ。

布地の圧迫も痛く、健一はソファの上で尻を何度も揺らす。

そこへとどめの囁きが来た。

「勝ったらご褒美だ、ぞっ？」

「……っ!?」

青年の指はボタンを押したまま硬直した。

〝YOU LOSE!〟

「だぁぁあっ！　くそっ！」

健一はコントローラーをローテーブルへ放り出した。

「お前、悪乗りしすぎっ」

悔しまぎれに義妹を見れば、彼女の顔は思った以上に近い。

しかも、悪戯っ子じみた言動から一転して、訴えかけるような表情だ。

「なんだよ、急に……」

「ね……？　あたしたちってキスがまだだよね？　あにきは……してみたい？」

ここまで直球で聞かれたら、真っ向から返すしかない。

「……したいよ、当たり前だろ……」

答える間にも、ますます真ん前の唇が色っぽく思えた。今朝の食事で視線を奪われたときより、さらに数段上だ。

「だったら……ん」

杏珠は顎を浮かせて、瞼をそっと閉じた。口元を兄へ差し出し、従順な待ちの姿勢になる。

つまり、最後の踏ん切りは、健一につけてほしいということだ。

(お……落ち着け、落ち着け！　俺たち、もっとすごいことをしただろ……！)

健一は震えそうな手で、杏珠の華奢な肩を掴んだ。

ジッと見つめていると顔から火が出そうなので、自分も目を閉じる。

慎重に顔を寄せていくうち、唇と唇が重なった。

瞬時に脳内を、柔らかい感触で占められる。

二枚の花びらめいたそこは、圧《お》されて可憐にたわんでいたが、儚《はかな》い弾力を返してもきた。

「ん……ぁ……っ」

微かに吐き出される声まで官能的だ。

反面、息からは爽やかなミントの香りがする。表向きは奔放なくせに、ちゃんと歯を磨いてきたらしい。

そう思うと、健一は何の備えもしていないことが申し訳なかった。

ともあれ、しばらくそうやったあとで、どちらからともなく顔を下げる。

「杏珠……っ」

「あにき……」

愛情を込めて見つめ合う。

だが、杏珠は唐突にプッと噴き出した。

「な……なんだよ！　お前の希望してた甘い雰囲気じゃないか……っ」

「こんなのあたしたちらしくないもん。あにきだって、どうせおち×ちんおっきくしてるんでしょ？」

「う……」

やはり見抜かれていた。

確かにペニスは膨張したままで、キスの最中も一心に伸び上がろうとしていた。

「ふっふっふー、絶対にあにきに勝てるゲーム、思いついちゃった」

杏珠はそう言って、布越しに鈴口を一撫でしてくる。

彼女が何をやろうとしているのか、健一もおおよそ見当がついた。

「ぅうっ！」

肉幹をビクンと弾ませた。

五分後、健一は再び一人モードで戦いだした。それを杏珠が囃《はや》し立ててくる。

「ほーら、だめだってばっ。あたしじゃなくて、操作に集中しなくちゃ！」

「わかってるっての！　ちっ！」

「ふふっ、せっかくハンデとして応援してあげてるんだからぁっ、がんばってっ！

あ、に、きっ！」

そう言って口の端を上げる杏珠は、開いた兄の腿の間にしゃがみ、シャツをたくし上げていた。

チアガールのコスは裾にゴムが縫い込まれており、手が離れても、乳房より上に留まりつづける。しかも、杏珠はブラジャーを着けておらず、大きめの美乳はつけ根から丸出しだった。

彼女が健一に持ちかけた新たな勝負とは、兄一人でコンピュータと対戦し、その勝敗を当てるもの。

当然、健一は自分の勝ちに賭けさせられている。

「やかましっ……いっ！ こんな応援あるかっ……！」

「でーも、こっちはしっかり元気になってるじゃんっ？」

戯言《ざれごと》こそ中年オヤジめいているが、シャツをはだけた杏珠は、問答無用で煽情的だった。

グイッとたくし上げる途中で布地がバストへ引っかかったため、ふくよかな曲線も派手に上へとひしゃげたのだ。そこから触れるものがなくなって、丸みは自由を満喫するように下へも弾んだ。

しかも杏珠は、健一のズボンの前を開き、トランクスまで引き下ろしてしまった。

そんなわけで、男根も縛《いまし》めから解き放たれて、バストの揺れっぷりと競うように、雄々しくそそり立った。

もっとも、こちらは再び囚われる立場となっている。

応援と称して、杏珠が乳房の間に挟み込んだからだ。

いわゆるパイズリ。

これもどうせ、友人か写真集から大雑把な知識を仕入れたのだろう。

バストはふっくら盛り上がりつつも、兄の巨根を閉じ込めるにはやや足りない。杏珠はそれを両手でめいっぱい寄せて、どうにか竿の大部分を押さえつけていた。

「これじゃゲームに集中できねぇって！」

健一も文句を吐くものの、背もたれへ寄りかかり、杏珠のためにスペースを作ってやっている。

目線だって、テレビから離れて、チラチラ下へ向かってしまう。

妹のバストは浴室で見て、弄《いじ》りもしたが、あのときはほとんどの場面で背を向けられていた。事後はバスタオルで隠されてしまったから、観察するゆとりなんてなかったのだ。

それが今、惜しげもなく披露されているわけで、魅了されないはずがない。

大きめのラインといい、日焼けと無縁の白さといい、全体的にはマシュマロのようだった。

それが左右から圧され、節くれだった肉棒に形を合わせてくれる。表面の滑らかさ、蒸してくるような体温、何もかもが剛直の芯まで届く。

しかも丸みの頂《いただき》では、淡い色の乳輪が小さな円を描き、そのまた中央で乳首がツンと尖っていた。

整った容姿の杏珠は、乳房の美しさも完璧だ。どこか甘えたくなるような母性まで漂わせている。

とはいえ、淫語混じりの挑発は思いきりがよすぎて、逆に子供じみていた。

「がんばれ負けるな、あーにきっ！　フレーッフレーッ、おっち×ちんっ！」

「お前なぁっ、ちょっとは恥ずかしがれよっ！」

健一は触感だけでなく、見た目と素ぶりのギャップにも、現実感をこそぎ取られた。

それに杏珠はペニスを挟んだあと、まったく身体を動かそうとしない。

乳肉が接するのは、竿の裏と左右が主で、表の中央へはギリギリ届かないのだ。男根が抜けないのは、妹が指で竿の一部を押さえているからだった。

それに挟まれないといえば亀頭もで、こちらはカリ首を含め、外気が当たるだけ。ほんのり昇ってくる体温に、こそばゆさだけが募ってしまう。

いっそ自分でしごきたい。

焦らされた鈴口からは、涎《よだれ》さながらに我慢汁が滲んでいた。それが裏筋から竿へ届き、乳房との境目を濡らす。

「ふふふっ、もーっとおち×ちんを応援す、る、ぞっ！」

不意に、杏珠が声援のテンポを変えた。乳房もゆったりしたペースで上昇させはじめる。

「ファイトッ、ファイトッ、が、ん、ばっ！　弱くても泣いちゃダァメだぞっ！」

「泣くかよっ、エロ妹っ！」

もしかしたら、彼女は我慢汁の量が十分になるのを待っていたのかもしれない。

肉竿は切っ先に向かってズリズリ撫でられ、根元が軽くなる代わり、触れ合う部分に摩擦が行き渡った。捏ね合わされた先走り汁も、卑猥な感触を上塗りしてくる。

バストはなおも上がり、お待ちかねの亀頭へ届いた。エラの段差には押し返されかけるものの、左右から力を加えられて、すぐさま敏感な窪みへ形を合わせる。

「お、くぐっ⁉」

健一は頭が痺れ、ゲーム画面までブレた気がした。

しかも、杏珠はいっしょに上昇させた指の腹で、乳房が届かない辺りをなぞる。

こちらは我慢汁が足りず、擦れ方もきつかった。

とはいえ、健一がずっと求めていた刺激だ。

牡の官能神経も、強弱ひっくるめ、片っ端から吸収していく。

「うっ、お、つぅうっ……っ！」

健一は浅ましく腰を出し、そのせいで乳房の谷のさらに奥へ、裏筋を強くぶつけた。

柔肌を擦り返された杏珠も「やうっ」と短く鳴いている。

「あ、あにきってばぁっ、慌てないでよ……っ。そんなんじゃ、んんっ、すぐに負けちゃうよぉ？　ほーら、リラックスぅリラックスッ！」

義妹は主導権を取り戻すように、鈴口周りもパイズリの対象にしてしまう。

しかも、すぐには下降せず、膨らみごと牡粘膜を揉んできた。まるで年下をあやすような方法で、健一は痺れが倍増だ。

「お、く、ぅうっ！」

もはや彼のゲームはおざなりとなり、コンピュータ相手にやられ放題だった。二次元の美少女から殴られ、蹴られ、踏まれた挙句、場外へと吹っ飛ばされる。

〝ＹＯＵ　ＬＯＳＥ！〟

審判の声は、パイズリに屈する彼の未来まで決めつけるみたいだった。

健一は再戦をやめて、コントローラーを横へ置いた。

途端に杏珠が嘲笑う。

「あんっ……あにきってばやめちゃうのぉっ……？　あはっ、これであたしの勝ちだよねっ。やぁい、負け犬ぅ負け犬ぅ、ざーこ雑魚っ！」

よくもまぁと呆れるほどに、ナメたセリフがポンポン出てくる。しかし、その声音はまどろみかけるように舌足らずで、義兄へ甘えきっていた。

「だったら、次はまた直接対決しようじゃないか……！」

健一も負け惜しみを吐きながら、杏珠の頭を右手で撫でる。

触れてみれば、サラサラしながらコシもある髪の一本一本に、手のひらをなぞり返された。

極上の筆を思わせる感触にうっとりしながら、後頭部へ向かって、愛撫を滑らせる。

届きにくいところまで行ったら、また頭頂からやり直しだ。

杏珠の声も可愛らしく揺れた。

「んあっ！　ど、どうしたのっ、お兄……んんぅっ、やだっ、あにきってばっ……びっくりするじゃん……っ」

健一も悪戯心を焚《た》きつけられて、左手まで挙げた。

こちらは杏珠の首から肩へ這わせる。

少女らしいなだらかな曲線は、薄く汗ばみながら、感度だって良好だ。そこを風呂場で痴漢みたいと評されたねちっこさで、何度も何度も弄り回した。

「あ、だめっ……あにき……っ、その触り方っ……やめてよぉ……っ、あたしっ、子供じゃないんだよぉ……!?」

杏珠のほうは、親戚の幼子みたいに扱われたと感じたらしい。

ただし、上目遣いはますます蕩けて、まんざらでもなさそうだ。

そこから彼女も本格的な乳戯へ入った。動きを急に速めて、裏筋を伸ばす。亀頭も指できつく磨き、男根の前後で正反対の快感を入り乱れさせた。

「おっ、うっ！」

健一は硬直しかけた。

指がエラを通過する瞬間など、腰の裏まで痺れが突き抜ける。

ほどなく亀頭は解放されたものの、次はしごかれた竿から、心地よさが這い登ってきた。

陰毛の生え際にまで至った乳房は、また上に戻り、亀頭をかき抱く。

包囲が十全ではないし、やり方自体も不慣れだが、それでも愉悦は着実に重なって、兄を酩酊させた。

「んんっ……んっ、ふっ……あ、あにきっ……気持ちいい、でしょっ……？　気持ちいいよねっ？」

一途《いちず》に頑張る杏珠の姿に、健一も保護欲めいた何かを催す。

しかし律動が速まった分、忙《せわ》しく上下する肩は、少し撫でにくかった。

そこで彼は左手の愛撫を止めて、杏珠の鼻先へ人差し指を寄せてみる。

それはただの思いつきだが、義妹もどう求められたかを理解して、子犬みたいに咥えてくれた。

「んぁっ……は、むぅうっ！」

歯は立てず、しっとりした唇だけで指を挟む彼女だ。

口内まで迎えた部分は、舌を絡みつかせ、どんどん唾液まみれにしていった。

健一も、当たってくる微細なざらつきがくすぐったい。パイズリとフェラチオを同時にやられる気分になってくる。

絞り出される我慢汁も量を増し、肌の広範囲を鈍く光らせていた。

だから、律動のペースはますます上がる。

「は、うっ、くぅうっ、あにひのっ……おひんひんっ……あふっ、あつい……よぉっ」

「んっ……杏珠こそっ……そこら中すごいな……んんっ!?」

「ふひゃっ……いまっ……おひんひんはねたぁっ……」

杏珠はときおり、健一の予想を超える痺れを、牡粘膜へ練り込むようになった。

たとえばクッと上がって、乳房と亀頭を強く衝突させるときだ。

他にも指の腹で、鈴口を苛烈に撫でたりする。

健一はずっと無抵抗でいたために、スペルマが竿の奥に結集しつつあった。

そういえば、この勝負、杏珠に勝てる条件を設定していない。

だが、そんなことはもはやどうでもよかった。

この温かい湯に浸かるような快感をもっと堪能したい一方、イチャつく空気を壊すことなく、昇天まで行きたいとも思う。

健一は竿へ力を込めて絶頂を防ぎながら、杏珠へ聞いてみた。

「杏珠っ……俺、お前の胸と口でイッていいか……?」

「うんっ……ぷあっ!」

杏珠は指を吐き出して、愛情に満ちた眼差しを向けてくる。

「いいよ、出してっ!　あたしのおっぱいっ……ドロドロにしちゃってよぉ……

っ！」

祈るようにそれだけ言ったら、再び指へむしゃぶりついた。

「おうっ、ふぅうんっ！　むぢゅぶっ……ぅうんっ！」

舌遣いはより淫猥で、表の凹凸も裏のヌルつきも存分に使う。兄の末梢神経へ健気《けなげ》に快楽をくれる。

「あ、杏珠っ……その舌の使い方っ、いいなっ……！」

健一も肚《はら》が決まった。

ここは無理に粘らず、甘美な流れへ身を任せよう。

そう思った矢先、杏珠が上半身を固定した。あとは根元から千切れてもかまわないとばかり、短いストロークでバストだけを往復させる。

二つの丸みが短距離を行き来する様は、ボールが立てつづけにバウンドするようでもあった。

その狙い目は亀頭だが、潰れた丸みはエラにも引っかかり、勢いがついたときは、竿の上寄りまでコシコシ擦る。

「お、くぅうっ、杏珠っ……すげっ！　俺っ、気持ちいいっ……！」

「んぶふぅうんっ！　ふぁっぁにきっ……おひんひんっ、イッへぇえっ！」

甘いだけの愉悦で終わるなんて、とんでもない。

肥大化しきった健一の牡粘膜は火傷しそうに疼き、精子のほうも飛び出すパワーを蓄える。

「で、出る……イクっ……杏珠っ……杏珠ぅうっ！」

健一は最後に、自分から息んだ。腿を締めて、子種が尿道を走る勢いをあと押しする。

肉棒も胸の谷間でさらに猛り、仕上げの喜悦を鈴口に練り込まれながら、ビュクビュクッと白濁を放った。

「あっ……んんんぅっ……あにひっ、ひぅむっ……！　んはやぁぁうっ！」

杏珠も口で指を、乳房で怒張を抱擁しつつ、生臭いスペルマを従順に浴びる。

そこへ二発目が飛ぶ。三発目も粘りつく。

だから、射精が終わったときにはもう、胸の谷間もチアガール衣装も、ヨーグルトのような汚れでベタベタだった。

しかも乳肉が開きかけると、流れ込んでいた体液が何本も糸を引く。

「ん、ぁぁっ……はぁぁ……っ」

杏珠は液の切れる瞬間を少しでもあとにしたがるように、動きを遅くした。

口もすぼめたままで、ねっとりしつこく指を擦ってから、いかにも名残惜《なごり》しげに吐き出した。

「ぷはっ！ ん、今日もすごい臭いだね、あにきの精液……ぅうっ、濃いぃっ……！」

「そ、そうか……？」

熱心に嗅がれると、健一だって落ち着かない。

しかし、杏珠は物欲しげな目でさらに言う。

「それだけあたしで感じたってことだよね？ まだこんなに元気だし……ね、続き、いいよね？」

何を求められているかぐらい、健一にもわかった。

実際、ペニスはまだ最大サイズで小刻みな痙攣を続けている。秘洞を貫いて暴れるだけの活力は有り余っていた。

杏珠が立ち、今度は健一が見上げる側になった。

となると、彼の顔に最接近するのは、汗ばんだ太腿と、プリーツ入りで揺れるミニスカートだ。

妹は明らかに秘所を濡らしており、水っぽい匂いもはっきり漂わせていた。さらに唾を飲む兄に見せようと、スカートの裾を摘まんで持ち上げる。

「ファイトッ、ファイトッ、あーにきっ！」

チアガール衣装の下からフリル付きの白ショーツが顔を出せば、清楚なデザインの中央には、思ったとおり、蜜の染みが広がっている。

甘酸っぱい性臭も強まって、健一は餌に誘われた動物さながら、ぎくしゃく腰を浮かせた。そこから妹の括れた腰に、まっしぐらにしがみついた。

「杏珠……！　次こそ俺が勝つからな！」

「やんっ、ちょっ……あにきっ、待って……！　ストップ、ストップぅっ！」

予想以上の効き目に、杏珠も慌てたようだ。

だが今さら、止まれない。

「杏珠が可愛すぎるのが悪いっ！」

「えぇっ!?」

思ったままを叫び、雷で打たれたように身を強張らせる妹を、仰向けにソファへ寝かせた。捕らえた右脚は肩へ担いで、自分は広がった股の間へ座り直す。

さらに太腿の側から回り込ませた左手で、クロッチ部分も横にずらした。

登場した秘唇の濡れ方たるや、想像したより、さらに盛大だった。表面を光らせながら、小陰唇を厚ぼったく充血させて、もはや前戯では満足してくれなさそうだ。

「……俺、もう入れるぞっ！」

「っ、ちゃんとあたしも気持ちよくしてよっ……!?」

「わかってるっ！」

そんなこと、言われるまでもなかった。

健一は粘つきが残るペニスを右手で握ると、秘所へ寄せられるように竿を倒す。

左手の指は大陰唇に添えた。最初は挿入のために位置を定めるだけのつもりだったが、ともすれば愛液で滑りそうだし、ぷっくりした感触にも酔わされる。それで勢い余って、つい合わせ目をクパッと拡げてしまった。

途端に奥の粘膜が、膣口周りまで丸見えとなる。澄んだピンク色なのもあって、あたかも融解寸前だ。

「やっ……」

大事な場所へ空気が当たり、杏珠も息を飲んでいた。

「悪い！」

健一は謝るものの、動作を止めて、互いの興奮に水を差したりしない。

これからするのは正常位だから、入り口を見失うこともなく、スムーズに亀頭を密着できた。

淫靡な火照りで鈴口を炙《あぶ》られると、秘洞の中の気持ちよさを思い出す。

加えて、反省……も。

昨日はまだ出すなと言われながら、自分だけ達してしまったからだ。

「俺っ、前回よりも頑張るからなっ！」

「……うんっ！　あのっ、えっとっ……ふ、フレッフレッ、あ、に、き……っ！」

「ああっ！」

恥じらう杏珠に励まされ、健一は唇を嚙みしめた。

今回も、出だしはスローペースで、ズブッズブッと蜜壺に己を突き立てる。

攻め込まれた膣口も、幅を何倍にも拡げ、亀頭を頬張りだした。

「うぉっ……くっ！」

心構えをしてなお、強烈な締まりだ。まるで一晩経って処女へ戻ってしまったみたいに、密集する肉壁が逸物の行く手を阻《はば》む。一度通した部分も、全力で揉んでくる。

舌なめずりと似た脈動の襞まで牡粘膜へ押し寄せるし、童貞を卒業したばかりの牡にとっては手強《ごわ》すぎる場所だった。

「つぁうっ……お、ぅううっ！」

渾身の力で抗《あらが》わなければ、今夜もあえなく果ててしまうにちがいない。

綱渡りと似た心地で肉棒を押し込んでいけば、杏珠もチアガール姿を竦ませていた。

「あっ……ぅあっ！　あにきが……きてるっ……またっ、あたしに入ってるぅうっ！」

「痛いか……杏珠っ!?」

「……う……ううんっ！」

彼女は首を横に振るが、直前に一瞬だけ頷きかけていた。

やはり、破瓜を経た程度だと、時間の経過によって、肉壺が狭まってしまうのかもしれない。

健一は己を戒《いまし》め、さらなる注意を払った。

それこそ亀の歩みのごとく、ゆっくり、ゆっくり、ゆっくり……と。

どうにか最深部まで到達すれば、牡粘膜の切っ先を押し返されて一際痺れる。

健一は四肢を突っ張らせ、義妹が楽になるのを待つことにした。

「杏珠……！」

「は、ぁ……あにき……ぃっ！」

杏珠も自らの緊張を和らげようと足掻《あが》きつづける。

眉間に皴を寄せ、唇を引き結び、生乾きのザーメンと先走り汁が付着する美乳も小刻みに揺らし、二、三分はそうしていただろう。やがて兄の腕をさすりながら、気遣うように告げてくる。

「ぅあ……は……あたしなら……っ、もぅ動いても……大丈夫、だよ……？」

「そうか……っ？　わかった！」

とはいえ、健一はまず念のため、ピストン以外の方法に挑む。

膣の深みに潜ったまま、時計回りで肉幹を傾けるのだ。

これは昨日から今日にかけて、密かに考えていた方法だった。小さく円を描くほうが、獰猛《どうもう》な抜き差しで攪拌《かくはん》するより、膣肉が早くこなれる気がする。

だが、取りかかってみると、牝襞から熱くねぶり返されるのは変わらなかった。動きは控えているはずなのに、肉棒がアイスキャンディさながら溶けはじめそうだ。

「う、ぅっ……ぅっ……くっ、こういうのだと、どうだっ……!?」

聞く間にも、額へ汗が浮いた。

これでは杏珠も苦しいままかもしれない。そう思っていた。

「は、ぁっ……うんっ……わかるよぉっ……！　おち×ちんがっ、エッチな動き方、してるぅっ……！　これじゃあたしの中っ、おち×ちんの形になっちゃうっ！　もっともっとっ、あにき向きの場所になっていくのぉおっ！」

杏珠は喘ぎながら、わずかに腰を浮かせだしていた。

そのせいで、亀頭も予想外に深くめり込む。

「くっ、おっ……杏珠ぅっ!?」

熱い潤みの中で、広範囲の牡粘膜が一度に疼いた。

健一は大きな勘違いしていた。

杏珠の中でも、ちゃんと昨夜の経験が活きていたのだ。だから思っていたよりずっと早く、快感が弾けた。

そこに安堵した途端、円運動中のペニスもいっそう強い愉悦を感じ取る。竿の角度に応じて、エラや裏筋へ淫襞が殺到し、無数の神経を纏めて捻り上げてくる。

「……！」

健一がわななきながら、回転を逆向きに変えてみれば、粘膜同士もさらに強く引っかかった。

「ひうっ！　あっ、あたしぃっ……今のでっ！　すごくビリッてきたよぉおっ!?」

これなら気遣いなしで大丈夫そうだ。むしろ、次の手を考えださないと、また自分だけイッてしまう。

健一はブルッと震え、ふと小陰唇の上端近くに注意を引き寄せられた。

そこにあるのは莢《さや》のような形の包皮だ。中から極小の真珠めいた突起が、はみ出しかけている。

(あ、これって……！)

彼も又聞きの知識で、突起の正体がクリトリスだとわかった。

見た目は乳首より小さいが、感じやすさはずっと上のはずだ。

となれば、潤滑油が必須だろう。

健一は右手を結合部に寄せ、愛液を指の先へ塗りたくった。

「ふあっ！　あっ、あにきっ⁉」

杏珠も不意の指戯に驚いて、牡肉を丸ごと食い締める。

「つ……おっ！」

目の前に白い火花が散るのを見ながらも、健一は指の位置を変え、本命の突起を少しだけタッチした。

直後の膣圧は、とっくに強烈だったここまですら、優に超えていた。

「んふぁあぁっ！　やっ、やっ、そこ駄目っ、駄目ぇえぇっ⁉」

杏珠は歪ませんばかりに硬い竿を抱きしめてくる。亀頭を徹底的に圧縮したまま、襞のうねりで翻弄した。

さらに茶髪も乱し、真っ赤な美貌を左右へ揺すった。

「あたしっ、そこは弱いのぉっ！　おち×ちん入れながらなんてっ、絶対に無理ぃいひぃいっ！」

健一は慌てて尋ねる。

「つらかったかっ!?」

「違うけどっ……違うけどぉおっ！　あにきにされちゃうとっ！　あたしの大好きがっ、溢れすぎちゃうからぁあっ！」

つまり、だめと言いながら、決して嫌ではないのだ。こんな自白を聞かされたら、止める気になれない。

それにヴァギナの締めつけがすごくなったとはいえ、ピストンするときよりは多少暴発を防ぎやすい。

「だったら杏珠っ、もうちょっとだけやらせてくれ！」

言っている間にもう、健一は淫核の包皮を根元まで剝いていた。突起を無防備にしたら、指の腹で愛撫する。濡れた外側を優しく縁どったあと、天辺も念入りに磨く。

それから再度、周りをなぞったり、摘まんだり、転がしたりする。

杏珠は電気責めをされたかのごとく、ソファの上で背筋を反らせつづけた。

「や、やぁあんっ！　お兄ちゃんのバカぁああっ!?」

当然のように、ずっぽり入った肉棒も振り回される。付け根ごとシェイクされるから、竿の中で我慢汁が泡立つようだ。

「うおっ！　杏珠ぅっ!?」

強まる快楽に煽られて、健一はむしろ怒張を暴れさせたくなった。

たった今、腰遣いとは別に女体を責められる手段を見出したばかりだが、こんなよがり方を見ていたら我慢できない。

杏珠も耐えかねたように、クリトリス弄《いじ》りの場へ、自分の両手をかぶせてきた。

「あんううっ！　あ、やだぁあっ！　もぉ無理なのおっ！　あたしっ、指よりおち×ちんで感じたいのぉおっ！」

「わかった！　今からそうするよ！」

健一はとっさに左右の手のひらを反転させて、極度に脈が速い妹の両手首を一つずつ握った。やる気をいよいよ漲《みなぎ》らせて、今度こそ外に向かって後退だ。

腹筋を極限まで固め、ズズズッとペニスを動かすと、牝襞の当たり方が大きく変わる。

円運動だけのときなら、亀頭へ引っかかるといっても、表面を撫でていくだけだった。それが即座に、弱いカリ首をめくらんばかりになる。

膣壁もそれをあと押しして、歯止めなしに縮こまる。

「お、おぉううっ！」

熱い蠕動《せんどう》に逆らってバックすれば、すぐにまた次の、次の、その次の襞も、自分こそが悦楽を独占したがるように、男根へ押し寄せる。

杏珠も情欲を破裂させて、幼児退行を起こしたようにむせび泣いていた。

「お、お兄ちゃんがぁっ、くひぅっ、うぅっ動いてるぅううっ！　またっ、あたしの中っ、掻き回しはじめたはぁぁああっ!?」

彼女の指先が触れる皮膚を削りそうなほどねじ曲がったところで、健一もちょうどペニスが抜けかけた。一瞬だけ見えた亀頭を、彼は再び子宮口までねじ込んでやる。

ズブブッと押し入る動き方に、陰唇のたわみようもいやらしい。中では密集していた襞との擦れ合いが強烈だ。

杏珠はケダモノめいた絶叫が甘く、崩れた泣き顔は歓喜が半端ない。

「いっ、んひぃいっ！　おち×ちんっ……来たぁあんっ！」

そのまま最深部まで制圧されて、ソファの上でまた腰を浮かす。

「ふ、深いっ、よぉおっ！　硬いおち×ちんがっ、グリグリ当たってるぅうっ！」

それを懇願と解釈し、健一も終点に体重をかけ続けた。跳ね返る愉悦に耐えて妹をたっぷり痙攣させたあと、抽送を遠慮ないテンポに切り替える。

強く引いて、荒く押す。そして、過激に下がって、凶暴に突進していった。

ついでに愛液と先走りの混ざり合う汁を、ソファの上へ掻き出していくと、まき散らされる性臭はいよいよ濃くなり、二人分の汗や身体の匂いと入り混じった。

「杏珠っ……お前の中っ、どんどんやらしくなっていくぞ!?」

陰核責めの成功で、健一も自信がつきつつある。

これなら昨日より踏ん張れる。秘所を長く感じさせられるだろう。

逸《はや》る彼は、握る両手首を、自分のほうへ引っ張った。これで杏珠の腕はピンと伸び、躍る乳房を左右から挟み込む。

真ん中に寄せられて盛り上がる乳肉は、乳首を尖らせながら上下へ弾み、健一に抽送の逞しさを実感させてくれた。

ますます調子づいた彼は、愛おしさと、ちょっとした悪ノリを込めて、よがる杏珠へ呼びかける。

「せっかくチアガールなんだからっ……杏珠っ！　また応援してくれないかっ!?　そうすれば俺っ、まだしばらくイカずに済みそうなんだ！」

「うあっ……やっ！　あえっ！　ええぇっ!?」

杏珠は意味不明な声をあげた。それからやっと兄の言葉を理解して、無我夢中で首を横へ振った。

「やだやだぁあっ！　は、恥ずかしい声がもぅいっぱいでぇえっ！　頭グチャグチャなんだからぁぁあっ！」

どうやらパイズリ中のあれは、自分に余裕があるこそできた、おふざけらしい。

「そうっ、か……！　わかったっ！」

健一は残念さを振り払うため、続く突きを強くする。

しかし、これを杏珠は催促と間違えたらしい。

「んひゃぁああっ!?」

秘洞内を踏み荒らされて悲鳴を吐いたあと、口をパクパク懸命に動かしはじめる。

仕上げに唾を飲んで喉を湿らせたら、

「フレッ……フレ……ぇっ、お兄ちゃぁあんっ！　ふぁ、ファイトっ……おぁあっ！　あっ、あっ、頑張れぇええっ……動いてぇっ、おち×ちぃっ……んぁああはっ⁉」

「お、くぐっ！」

健一にとっては、不意打ちのエールだ。

しかも、蕩けつつあった膣壁まで、羞恥によってキュウキュウ狭まった。

これではかえってイカされかねず、彼は慌てて息を飲む。

「う……ぉおおっ……！」

脂汗を垂らして、暴発を防いだ。

大丈夫、粘れた。まだやれる。

自分に必死に言い聞かせ、ペニスをいっそう暴れさせた。腰のバネを最大限に使い、弓を引き絞っては矢を放つような、全身全霊のピストンだ。

応援してくれた杏珠も、悦びの喘ぎを吐き散らす。

「ふぁあああっ！　やっ、やっ、お兄ちゃぁああんっ！　すごいのぉおっ！　おち×ちんがっ、元気なのぉおふっ！　イクっ……あたしっ、今日はイケそっ……だよぉおっ！」

彼女は兄に摑まれた両手首を、ぎこちなく揺さぶりだした。それはポンポン振りをイメージした動作かもしれない。ともあれ彼女はもう、ふしだらな声援をためらわない。

「強いぞっ、強いっ、よぉおっ！　おち×ちんぅうふっ！　あたしっ、負けちゃうっ！　おチ×ポにっ、負けちゃうのおぉおおっ！」

言葉のチョイスからも自尊心が吹き飛んだ。

こうなると、右脚を兄に担がれた格好までが、応援のダンスの一部みたい。

縦に弾む乳房二つは、もう一組のポンポンだった。

「ぁあああんっ！　ジュポジュポ来てるよぉおっ、おっチ×ポぅうっ！　あたしをっいじめてぇえっ、いじめてぇええっ！　あぁああんっ、お、お兄ちゃぁあんっ！」

「お、く、ぅうう！」

健一は激情にかられ、突っ込んだペニスで二度目の円運動へと入った。

ただし、さっきみたいな緩さはない。

子宮口を抉《えぐ》り、無数の襞を押しのけて、いくら開拓しても窮屈な膣壁を、力任せに蹂躙《じゅうりん》する。秘裂一枚一枚に、牝の肉悦を注ぎ込む。

杏珠はのけ反ったまま力を抜けず、被虐の悦楽によって、チアガール姿を突っ張らせた。

「やぁああっ！　やはぁあっ！　広がっちゃうっ……あたしの中ぁあっ……おち×ち

んでこじ開けられるぅうっ！　こんなに擦りつけられたらぁあっ、気持ちいいのがぁあっ、抜けなくなっちゃうよぉおおっ!?」

そこから健一は律動を再開した。

擦れ合いの変化がアクセントとなって、快感もいちだんと強まっている。

突けば揉みくちゃに歓迎されるし、抜けばカリ首を裏返されそうな蠕動に振り回された。

どうしても保《も》たないと思ったときだけは動きを止めるが、快感を覚えてしまったペニスは、ジッとしている間だろうと刺激を求める。むしろ、動かないでいると精液がせり上がってくるようで、健一はまた動きだす以外になかった。

イク、イッてしまう。

それでもなんとか気張りつづけた。

応援してくれれば、絶頂を先送りにできると約束したのだ。

それを果たす。杏珠をイカせたい。

「杏……珠ぅうくっ！」

汗もすでに止めどなく、一部はシャツへ染み込み、一部は杏珠へポタポタ垂れていた。

だが、頑張った甲斐があって、義妹も涙と涎と汗で美貌をグチャグチャにしつつ、ついに口走ったのだ。

「来てるよぉおおっ！　お兄ちゃぁあんぅっ……あたしの中っ、すごいのが来ちゃってるぅううっ！」

「っ……！　それっ、イキそうってことかっ⁉」

健一が訊ねると、妹は折れそうな勢いで首を振りたくる。

「知らないっ、わからないよぉおっ！　んひぁっ！　こ、こんなの初めてでっ！　すごくっ、す、すごっ……すごすぎてぇえっ！　自分でやるのと……ぉっ……おチ×ポじゃっ、ぜんぜん違うんだからっぁああっ！」

打ちのめされた杏珠は、自分がオナニー経験を暴露していることすらわかっていない。

ともあれ、ゴールが近いとわかった健一は、残るエネルギーを振り絞って、ラストスパートに入った。

思いつくままに肉壺を穿ち、ジュッポジュッポと掻き回す。

棍棒を振り回すように逸物で「の」の字を描き、往復し、腰を捻ってから、また抽送した。

神経内では官能電流が荒れ狂い、もはや次の瞬間に快楽がどこまで高まるかもわからない。

杏珠もアクメの予兆を吐き出したところで、こんな猛攻までかけられて、なす術《すべ》なく喚き散らす。

「ひぁあぁあああっ！　あひうっ、くひぁっ！　あひっひゃっ、ひぉおぉおあっ!?」

反った首、引かれた腕、持ち上げられた右脚が、ことごとく攣りそうだった。唯一乳房だけが、兄を誘うように揺れている。

「杏珠っ……悪いっ！　もうっ……もうっ！　出るぅううっ！」

破廉恥極まりない妹を目でも犯しながら、健一はついに限界を迎えた。

濁流と化した精液が、尿道を越えて、鈴口まで迫る。

「あ、お、おぉぉおっ!?」

狂乱の果てのエクスタシーは物凄く、最大サイズだったペニスも、さらにググッと上向いた。

「杏珠っ……杏珠ぅううっ！」

健一は最後に悪あがきだ。ありったけの想いを込めたバイブレーションで、子宮口を滅多打ちにする。ひしゃげた鈴口は左右へグラインドさせて、義妹へ至近距離から種付けだ。

ビュクッビュクッと子宮を満たしながらの開拓が、杏珠にとってもとどめとなった。

「うはぁあぁっ！　イクっ……イクぅううっ！　お兄ちゃぁあぁんぅうっ！　あっはっ、ぅやぁあぁあぁはぁあっあっぁっあっあぁあっ！　んぉはぁあぁあぁあぁあはぁぁあぁあっ!?」

杏珠はアクメの嬌声を吐き散らし、ブリッジするように背筋を浮かせる。オーバーヒート気味だった肉壺も極限まで竦み上がらせていた。

「ぅあっ……くうぅうぅうっ！　杏珠ぅうっ！」

健一にとっては、踏ん張った末の絶頂中に、津波のごとく牝襞が殺到してきた格好だった。

とても力を抜くどころではなくて、吐精中の極太ペニスを膣奥へねじ込みつづけてしまう。

杏珠も官能の高みへ釘付けにされて、開いた口から断末魔さながらに舌を覗かせていた。

「は、やっ、ぃひぃいぃやぅうぅうぅうおっ！　んぐひぃいぃいぃいっ！　ひおぉぉぉおぁぁあっ、つぁはぁあぁあぁあぁあっ!?」

自分たちの技量を考えなかった無茶なまぐわいは、代償として、脳の血管が切れる寸前の悦楽を、長々と兄妹の性器に注ぎつづけるのだった。

勝ち負けでいうなら、今回は杏珠の完敗だった。半ば失神状態になった彼女がなかなか目を覚まさないので、健一は一人で後始末にかかった。

とりあえずウエットティッシュを持ってきて、自分たちの身体、それにソファの汚れも拭き清めた。

ズボンを穿き、チアガール衣装の乱れまで整えてやったあとで、肩を揺らして妹を起こし、シャワーを浴びさせるために風呂場へ送り出す。

あとは換気扇代わりにエアコンのスイッチを入れて、行為の名残の性臭を外へ散らした。

「…………」

これでどうにか一段落だ。

健一は台所からジュースを持ってきて、ちびりちびりと喉を潤す。

行為後の冷静になる一時は、いわゆる賢者タイムだった。杏珠をイカせた充足感は大きいが、それだけでなく、今後のことにも思いを馳せたくなる。

そのとき、玄関でドアの開く音がした。さらに足音がリビングのほうへ近づいてきた。

(大丈夫、か……?)

そろそろ匂いも消えたはずだが、少し心配になってしまう。

身構えていると、下がタイトなスカートというスーツ姿の美穂が、ひょいっとリビング内を覗き込んできた。

「ただいま、健一君。まだ下にいたのね?」

「お、おかえりっ、母さんっ」

さすがに遅くまで働いていたせいで、義母の美貌には少し疲れが出ている。

そんな彼女を、健一は立ち上がって出迎えた。

「省吾さんはもう帰った?」

「いや、まだだよ。母さんが先だ」

「この時期はあっちも大変ね」

苦笑した美穂は、そこでローテーブルの上のゲーム機に気づいて小首を傾げる。

「わざわざこっちへ持ってきたの? 部屋にテレビがあるのに?」

「え……いや……こっちのほうが大画面だからさ」

「ああ、そういうこと」

そこで一呼吸の間が空いて、健一は気まずくなった。優しい母に杏珠との関係を黙っているのは、やっぱり精神的にきつい。

しかもこのタイミングで、美穂のほうから質問がきた。

「杏珠ちゃんの様子はどう？」

「え？　どぉってっ？」

返答へ詰まる健一に、美穂は上品に微笑む。

「一人暮らしの件よ。大丈夫そう？」

「あー、もうちょっと様子見、かなぁ……」

「そう。健一君も大変だと思うけど、あと少しだけ付き合ってあげてね？　それとあんまり夜更かししてはだめよ？　明日だって学校があるんでしょう？」

「わかってるよ。ゲームも終わらせたところだからっ」

「そうみたいね、ふふっ」

彼女はもう一度、健一へ笑いかけてから、洗面所のほうへ歩いていった。

健一は脱力して、ソファに尻を落とす。

（助かった……バレずに済んだ……）

もっとも、聡明な母だから、何か怪しんだかもしれない。そうでなかったとしても、先々まで隠し通せるか疑わしい。

ただ、現状のままで、杏珠と恋人になりましたなんて報告したって、納得してもらえないだろう。

何か具体的なかたちで、娘を任せても大丈夫だと、母たちに証明しなければ……。

(となると……一人暮らし、か?)

一度は立ち消えになったその選択が、また重みを増してきた。

社会人になる前段階として、自立した生活を送ってみせれば、自分の主張に多少の説得力を持たせられるはずだ。

(…………決めた。俺、この家を出よう!)

それは先日、杏珠に突っかかられたときも考えたことだが、動機は正反対となっている。

ともあれこの決断は、両親より先に杏珠へ聞かせるべきだろう。

*

シャワーで汗を流しながら、杏珠は眠気がなかなか去らなかった。

さっきも洗面所へ母が来たのだが、ドア越しに短い挨拶をするのがやっとだった。

拙《つたな》い自慰でひっそり育まれていた彼女の肉欲は、ペニスからの法悦によって、完全に花開いた。

本物のオルガスムスは強烈すぎて、自分が自分でなくなっていくようだった。

特に理性の低下した今なら、どんなふしだらなプレイも夢想できる。

（……これからはあにきと、もっといろいろしたいな……。ふふっ、急がなくていいよね。これからもあにきとはずっと家族なんだもんっ）

幸せに浸たる彼女は、健一の決意をまだ知らない。

それを教えられるのは、翌日、朝食の席についてからだった。

第五章　強烈肛虐絶頂の果て

さて、朝が来た。

あれだけ発奮したセックスのあとでも、健一の歳なら一晩寝ると回復できる。

今日も両親は早朝のうちに仕事へ行き、朝食は杏珠と差し向かいだった。

健一は卵焼き中心のメニューを前にしつつ、己《おのれ》の考えをどう伝えようかと思案する。

結論が決まっている以上、変にオブラートで包んでも意味はない。さりとて告白後の杏珠のテンションを見ていると、簡単に賛成してくれるとも思えなかった。

（どうすっかなぁ……）

フォークを持ったまま、黙って皿を見据える兄を、杏珠は不思議そうに促してくる。

「どしたの、あにき。早く食べちゃってよ。でないと冷めちゃうじゃん」

「あー、うん」

曖昧に頷《うなず》いたが、やはり先に話を済ませたい。

「……俺さ、考えたんだけどな。この家を出て、一人暮らしを始めたいんだ」

「へ……？」

杏珠は言葉の意味を、すんなり受け入れられなかったらしい。

モグモグと食パンを噛み、ゴクンと飲み込んで、それからやっと怒りだす。

「なんでそうなるのっ！　おかしいじゃんっ、あたしたち、付き合いはじめたばっかりだよねっ？　つまりアレっ？　ヤリ捨てっ？　身体目当てだったってヤツ!?」

「ま、まあ、待て。聞いてくれよっ」

テーブル越しに摑みかかってきそうな妹を制し、健一は己の考えを打ち明けた。特に美穂と昨夜会ったのは、理解してもらいやすそうなポイントだ。

「……つうわけでな、お前とこのまま関係を続けてたら、母さんたちに顔向けできなくなりそうなんだ。堂々と恋人を名乗るためにも、二人の新しい距離感を作って、しっかりやれることを見せるべきだと思う」

だが、杏珠は納得してくれなかった。

「あたし反対！　いいじゃん、しばらく黙ってたって！　あにきが家からいなくなるなんて、絶対に嫌だからねっ！」

話し合う余地すらなさそうな断言だった。

杏珠は憤然と朝食をかっ込み、五分とかけず食器を空にしたら、椅子を蹴って立ち上がる。

「ご馳走様っ。お皿はあにきが洗ってよ！」

そう言い捨てて、ダイニングから出ていってしまった。

健一は自分の分の料理を前にして、一人で唸《うな》る。

（やっぱりこうなるかぁ）

しかし、杏珠が頑固なのは元からわかっていたことだ。

説得はきっと骨が折れるだろう。それでも何とかわかってもらう。

たとえ一度は喧嘩になろうとも、誠心誠意、心を尽すのだ。

（やるしかない！）

健一はテーブルの上で拳を握った。

「……ごめん。あたしもあにきの一人暮らしに賛成」

夜、神妙な顔で杏珠に言われて、帰宅したばかりの健一は、持っていたバッグを玄関へ取り落としかけた。

「は、早いな？　俺、説得には時間がかかると思ってたんだけど……。どういう心境の変化だ？」

「それがね……」

杏珠が言うには、今日の夕方、ちょっとした用事から、美穂へスマホで電話したという。

「で、いつものくせでテレビ通話にしたんだけどさ。何も知らないでニコニコしてるお母さんへ嘘吐《つ》くのは、めっちゃキツいなーって」

「……なるほど」

「あたし、あにきの言い分がわかった。今のままじゃあ、お母さんたちと話をしづらいよ」

頑固者である前に、杏珠は家族思いの優しい子だった。

そんな部分が、健一は男としても兄としても愛おしい。

もっとも、彼女は気づかわしげな上目遣いも向けてくる。

「……で、あにきはいつ、一人暮らしの話をお母さんたちにするの？」

「お前さえいいなら、次の土曜日にしようと思う」

決めた以上は真っすぐ進むしかない。

「そっか……急だなぁ……」

杏珠が複雑そうに眉根を寄せるので、健一は彼女の頭を軽く撫でてやった。

「もうすぐお別れ、みたいな顔すんなよ。一人暮らしすることになっても、学校のあとかに待ち合わせれば、普通に会えるからさ。家へ帰ってくる日も、きちんと作るって」

「も、もうっ、子ども扱いしないでっ。髪が乱れるでしょっ」

杏珠は身を捩って、頭上の手をかわす。それから念のためという口ぶりでの質問だ。

「あたしたちのこと、どこまで話す？　エッチなことしてるのは、黙っておくよねっ？」

「ん、やっぱり言えないか……」

「当ったり前じゃん！　何考えてんの！　あたしに一人暮らしは無理とか言っといて、あにきこそガードがグダグダだよっ!?」

怒られてしまった。

ともあれ、気持ちを固めた杏珠は実行力がある。兄すら置き去りにしそうな勢いで、どんどん話を進めだした。

「よっしっ、どんな報告にするか、今から二人で相談しよっ。ほらほらあにきっ、早く手洗いとうがいっ！」

「お、おう……！」

「グズグズしないのっ！」

妹から尻を叩かれるように、健一は洗面所へ追い立てられたのだった。


打ち合わせの結果、血の繋がりがないと杏珠に教えたこと、二人で恋人同士になったこと、健一が独り暮らししたいこと、さらにその予算については、すべて一度に省吾たちに聞いてもらうことになった。

夢中で話し込んだため、夕食はいつもより遅くなってしまったが、それも一時間ほど前に済み、今、健一は杏珠の部屋の前に立っている。

ドアをノックするために手を挙げたところで、いったん深呼吸する。

さっき杏珠に言われたのだ。

『難しい話も終わったしさ、今日もエッチなこと、する？ するよね？ お母さんたちに知られたあとは、監視が厳しくなりそうだし、今のうちに楽しまなきゃもったいないよねっ？』

健一も迷った。

決意表明をした日のうちに流されては、彼女へ語ったことすべてが薄っぺらくなる。

だが、杏珠の口調の陰に心細げな響きを感じると、ＮＯとは言えなかった。

それにかっこつけたところで、彼の肉欲も大きい。用意があるからと先に自室へ引っ込んだ杏珠からのメールを待つ間、ベッドに座ってソワソワしどおしだった。

杏珠は果たしてどんな支度をするのか。

今日もコスプレか。もっと過激なことを始める気なのか。

いろいろ考えてしまい、こうしてドアの前へ立つ段階になると、鼓動がさらに速まる。やりたい盛りのペニスも、早々と半勃ちになっていた。

もう気持ちを整えようとしても手遅れだろう。

健一は肚《はら》を括って、コンコン、コンコンと続けて二度ノックした。

途端にドアを中から押し開けられて、危うく額を強打しかける。

「おわっ!?」

慌てて避けたところで杏珠の姿が視界へ入り、今回もまた、意識を彼女へ引き寄せられてしまった。

妹が着ていたのは、毛皮風の茶色いビキニだ。泳ぐなど微塵も考えていない造りで、ブラもショーツも獣みたいにフワフワしている。

肢体が美術品めいて端正なだけに、どことなく野性味が漂う衣装はミスマッチだった。

しかし肌の露出は、いっそうエロティックに映える。隠す面積が最低限だし、毛を掻き分ければ、乳首や秘裂がたやすく出てきそうだ。

それに健一を絶句させたのは、ビキニだけではなかった。杏珠の頭から、同じ色の犬耳が二つ、ピンと伸びているのだ。そういうヘアバンドなのはわかったものの、付け根が茶髪に隠れているせいで、本当に頭から生えているように見えた。

「そ、その格好は……」

ここ数日でさまざまなコスプレを見てきたが、非日常という点において、これが図抜けている。

気構えをしてなお、意表を衝かれた健一を、杏珠は不服そうに睨んだ。

「あたし、今までで一番恥ずかしいコスプレしてるんだけど……感想ゼロ？」

「あっ……」

部屋の明かりで逆光になっていて気づけなかったが、杏珠の頬は意外なまでに赤らんでいる。

健一は慌てて言葉を探した。

「ちゃんと似合ってるよ！　そのっ、うんっ！　お前のことをすっげぇ可愛がりたくなる！」

「あはっ、あにきらしい変な褒め方っ」

杏珠の機嫌はすんなり直り、健一も安堵した。

そこへ右手を差し出される。

彼女はご丁寧に、毛皮風の手袋まで着けていた。だが、肉球付きの手のひらに載っていたものは――。

「これが仕上げ。あにきがあたしに着けてねっ？」

渡されたのは、犬用の赤い首輪だ。

まるで飼ってほしいと頼まれたような倒錯感に、健一の性欲も復活する。

むしろ、この場で妹を押し倒したくなった。

廊下でことへ及ぶのはかろうじて自重し、健一は室内へ招き入れられた。

見ると、中央にレジャー用のビニールシートが敷かれ、水筒らしい縦長の容器と、なぜか洗面器まで置かれている。

「……これってペットとピクニックに来た、みたいなシチュエーションか？」

「違う違うっ。それじゃエッチにならないじゃんっ」

首輪付きとなった杏珠は、小走りにレジャーシートに飛び乗った。

そこで兄へ向き直って座り、水筒を取り上げる。

「これはね、ローションっ。男子が好きな定番なんでしょっ？」

「ロ……ショ……ッって……ええぇ？」

健一は面食らった。だが同時に、杏珠が目を泳がせ気味なことに気づく。

おおげさにはしゃいでいるのは、きっと照れ隠しもあるのだ。顔が赤いのだって、犬耳コスより、こっちの小道具が原因かもしれない。

「うんうん、そのリアクションは悪くないねっ、あにきっ」

杏珠はますます芝居がかってきた態度で、容器の蓋を開け、洗面器の上で傾けた。

出てきた液体は、透明ながら粘度が高く、照明を受けた光り方も、ただの水と明らかに違う。

「それで……どうする気なんだ？」

健一だって、アダルト向けの写真や動画で、妖しい光沢を帯びた女体に惹かれた経験ぐらいはあった。

だが、妹がどんな使い方を望んでいるかは、まだわからない。

杏珠もすぐには答えず、容器を脇へ置いた。

それから目を伏せたまま、

「あにきってさ……そのぉ……お尻のエッチもいけるんだよね？　あの写真集にあったもんね……？」

「……っ！」

もはや、何か言われるたびに、衝撃が大きくなっていく。

そんな場面があの本に収められていたなんて、健一は今の今まで忘れていた。

そもそもアナルセックスなんてリアリティがなさすぎて、自分たちとは無関係としか思えない。

しかし、犬コスプレの杏珠が、首輪付きでモジモジしているのを見下ろすと、自分でも驚くほどに激情が膨張した。

抱きたい。襲いたい。尻の中まで杏珠を独占してしまいたい……。

兄がなかなか返事しないため、杏珠は心細くなったらしい。パッと顔を上げ、言い訳するように訴えてくる。

「だ、大丈夫だよ？　専門の本をネットで買って調べたし、ちゃんとお尻は綺麗にしたもん！　……って、あにき……？」

途中から義妹の声から勢いが失せてきて、健一も自分がよほど昂《たかぶ》った顔になっているのだと気づいた。

「い、いやっ、杏珠っ……そこまで無理しなくていいんだぞっ？」

衝動をセーブし、目線を合わせるためにしゃがむ。

だが、杏珠は迷いを振り捨てるように声を張り上げた。

「してよ、あにきっ！ あにきの指でっ……！ おち×ちんでもっ……ねっ!?」

そこでビキニ姿を反転させると、四つん這いになって尻を突き出してくる。

見ると、毛皮ショーツの股間部が、微かに湿りかけていた。不安だけでなく、未知の行為への好奇心も強いようだ。

ここまで誘われたら、健一も欲求を止められない。

「わかったよっ、やれるところまでやってみようか！」

彼は膝立ちとなって、毛皮ショーツの縁を摘まんだ。

せっかく見せられたばかりだが、桃の皮を剝くみたいに、衣装を美尻から下ろす。

膝を軽く上げてもらい、右足首からも抜き取っていく。

「お……」

丸見えになった陰唇は、ローションを使うまでもなく、卑猥な潤みを帯びていた。

陰唇も綻《ほころ》びかけて、あとちょっとで受け入れ態勢が完了する。

だが、今回の目的はそちらではない。

杏珠のヒップに視線を移した健一は、のっけからそのボリュームと色艶に魅了される。

すでに風呂場で好き勝手に揉んではいるが、湯気がない場所だと、曲線の引き締まり具合が格段に際立つのだ。

「……あたしのお尻っ……変じゃ、ないよね……っ？」

杏珠の質問にも、間抜けた感想を漏らしてしまった。

「だ、大丈夫っ……すげぇエロいぞっ……」

「やだっ……なにそれぇ……」

素で呆れられてしまう。

しかしよく見るとヒップは、上辺こそ瑞々《みずみず》しいものの、谷間の皮膚がひどく薄そうだった。

本命のアヌスに至っては、針孔同然に小さくて、周囲のセピア色や、集中する細かな皺まで、いかにも壊れ物じみている。

一方、それらしい匂いはなかった。杏珠も綺麗にしたと言っているし、むしろ秘裂の湿っぽさが鼻につく。

健一は臀部を凝視したまま、洗面器のローションへ右手を浸した。

液は思った以上に温くて粘っこい。スプーンのように指を曲げれば、そのまま引っかかりそうで、事実、手を挙げると、蜂蜜みたいな太さの糸を、何本も下向きに引いた。

ここからどう弄ろうか。

少し迷ったものの、自分も杏珠も初心者だ。

行動あるのみと意を決して、人差し指の先を穴へ添える。

途端に杏珠が身を強張らせた。

「んんぅっ！」

しかし直後には、取り繕うように叫ぶ。

「つ、続けて……っ！」

「……おう！」

乞われた健一も、菊座をほぐしにかかった。

穴周りの皮は、柔らかくてプニプニとしている。それでいて、括約筋が内側で縮こまっているのもわかった。

ここでちゃんと慣らさないと、奥へ入れないだろう。

健一は外周から、徐々に力をかけてみた。昨日、秘所へペニスでやったのを応用し、時計回りで「の」の字を描く。ときおり、調子を確かめるために、穴の中央もグッと押す。

「は、ぁっ……ぁぁあっ……」

幸い、杏珠には苦痛の気配がなかった。むしろ、前からアヌスが性感帯となりかけていたようにすら感じられる。

「続けられそうか、杏珠？」

「うんっ……恥ずかしいけど……でもっ……」

吐き出す声も悩ましく、自分からわずかに尻を浮き沈みさせる。

さらに誰も触れていない割れ目まで、蜜の匂いを濃密に変えてきた。目をやると、太腿を一筋、透明な雫が伝っている。

妹がどんなオナニーをしたか知らない彼でさえ、そうとうに下ごしらえをやったのだろうと察してしまえる、淫らな反応の数々だ。

こうなると、遠慮しすぎもよくなさそうで、健一は徐々に真ん中を突く頻度を増やしていった。そのたびに杏珠も声を妖しく揺らす。

「やっ、あっ、お尻が……ぁっ……」

「どうなんだ？」

「聞かないでよっ、ばかぁ……っ」

彼女はなじってくるが、いったん口をつぐんだあと、結局は切れぎれに答えてくれた。

「あっ、やっ……んんぅっ！　すごくっ、ムズムズしてる、のぉぉ……っ。でもっ、気持ちいい……よぉっ……」

恥じらいが混じる性感の暴露は、純粋に乗り気なときとは違ういやらしさだ。

ここまでずっと好調だし、健一も流れを断ち切りたくなかった。

「杏珠っ……指、入れてみるぞっ？」

「ぇっ……！　う、うんっ……うんっ！」

義妹の了解をもらい、ヌメリを追加するため、洗面器にまた指を浸す。

その間に、杏珠も尻尾を振るような仕草で、肢体の強張《こわば》りを解いていた。次いで、ますますはっきりした声で、破廉恥な懇願を吐き散らす。

「入れてっ、あにきっ！　遠慮なくっ、ズブズブってして……いいから……！」

「おうっ……！」

健一も牡犬のように吠えて、右手を義妹の尻へ戻した。爪を立てないように注意を払いつつ、人差し指を排泄物の出口へ突き入れる。

「く……ぐっ！」

思った以上に、括約筋は力を残していた。

第一関節のわずかな出っぱりすら、ゴリッと引っかかりそうで、慎重なだけでは貫けない。

「杏珠……痛くないかっ⁉」

「平、気……ぃっ！」

杏珠の答えは呻き混じりだ。

しかも、破瓜《はか》のときに「痛いに決まっている」と言い放ったとき以上に、気持ちの余裕が足りなく見える。

「本当だな……っ？　つらくなったら言えよっ？」

念を押したうえで、健一は指を第一関節までねじ込んだ。さらに杏珠が姿勢を崩していないのを確かめてから、より太い第二関節も押し入れる。

――グリグリッ、ズブッ！

「んっ、あううっ！　お、お兄ちゃんううっ！」

室温まで上がっていきそうな熱い呻きが、杏珠からあがった。

しかし、すぐさまそれを呑み込んだ。

「もっとしてぇえっ！　あにきぃいっ！」

健一もあえて質問は挟まず、自分のやり方を続けることにした。

アヌスの圧力は強く、不躾な侵入者をとことん食い締めてくる。もしも杏珠が変に身を捩れば、根元からへし折りかねない苛烈さだ。

後々ペニスで攻め入るのかと思うと、健一は恐ろしさすら覚えた。

それに直腸内も、まあまあ広い反面、溜め込んだ体温で指を蒸してくる。

試しに挿入した指を曲げてみると、弾力のある壁が指先に当たった。

きっとこれが直腸なのだろう。

しかし、杏珠は体内への接触には反応せず、菊門を拡張される刺激にのみ、わなないている。

これで健一も方針が決まった。秘所と違って、粘膜は擦らない。括約筋の制圧に注力する。

彼は根元まで入れたままの指を、少しずつ捻ってみた。リズムはさっきの回転よりささやかで、苦痛の声を聞き逃すまいと、耳も傾けつづける。

「あ、ぐっ、ひぅうう……っ！　んんっ、ぅううんぅうっ……！」

杏珠は四肢をまたも突っ張らせ、両肘と両膝をレジャーシートへ押しつけていた。

平気と言ったのは、やはり強がりが大きいのだろう。身震いを堪《こら》えるさまは、犬のコスプレと相まって、「待て」と飼い主に命じられたかのようだ。

そんな義妹のため、健一は焦る気持ちを抑えた。

いつの間にか彼も、汗で毛穴がヒリついている。

それでいて、指へ食い込む鈍い痛みが、だんだん気持ちよくなってきた。

考えてみれば、自分だってサディズムとマゾヒズムを併《あわ》せ持つ。

首輪姿の妹をリードしつつ、指をねじ伏せられるこのギャップとは、相性がいいのかもしれない。

「くっ……杏珠っ……俺、お前に締められる感じ……痛いけどっ、好きだぞ……！」

それを聞いて、杏珠も断片的な言葉を吐いた。

「あっ……お兄ちゃんっ……！　あたしもっ、お兄ちゃんにされるのっ、大好きっ……だよぉぉ……っ！」

「杏珠……っ！」

「お兄ちゃ……んぅうっ！　す、好きなのぉっ！」

二人で呼び合ううちに、過激だったアヌスの締まりも、微かに和らいできた。

ここぞとばかり、健一は指の捻りを大きくしはじめる。

突然の変化は控えるものの、段階をいくつも踏んでいく心構えで、一回ごとに幅を広げた。

杏珠が見せる悦びも、同じペースで存在感を増していった。

「お兄ちゃ……ぁんぅっ……！　お尻っ……あたしのお尻にっ……もっといろいろしちゃってぇっ……！」

「了解だ……！」

健一はついに、抜き差しまで開始した。

緩慢に手を下げれば、括約筋もみっちり食いついてきて、穴周りがクレーターのように盛り上がる。

しかも抜けてきた指には、腸汁まで絡みついていた。杏珠の中で温められたあとだけに、外気へ触れると、卑猥に生温い。

「ふぁああっ！　ぬ、抜けてくぅっ……！　あたしぃっ！　お兄ちゃんをっ……外へ出しちゃってるよぉおっ!?」

杏珠が感じだしたのは、排泄感と似た何かかもしれない。にもかかわらず、どこか嬉しそうだった。

異物をヒリ出すのが、恥じらいを押しのけるほど気持ちいいとすれば、彼女も立派な変態候補だ。

しかし、兄妹で揃って堕ちていけるのが、健一は嬉しい。

彼が指を押し戻せば、穴も巻き込まれて、再び内側へ入った。むしろ過剰に陥没し、いっそう下品な姿になり果てる。

排泄物の出口に栓をされた杏珠も、マゾヒスティックに顔を伏せた。

「や……あぁんっ！　変だよぉっ……！　苦しくてっ、お腹重くてっ……ぃ、息ができなくなりそっ……なのにぃいっ……もっとお尻っ、虐めてほしいのぉおっ！」

「だったら、強くしていいかっ⁉」

封じてきた質問を健一がぶつけると、義妹はカクカク頷き返し、懇願までも甲高くぶちまけた。

「してっ、してぇえっ！　もっとお兄ちゃんで気持ちよくなれるようにっ……どんどんあたしを作り換えちゃってぇえっ！」

「引き受けたっ！」

健一も混じりっけなしに本物の、凶暴な律動をズポズポと始める。

括約筋に残る力へ対抗すると、指が擦りむけそうだ。なのに、心が躍ってしまう。

何しろ、一回だけでふしだらだったアヌスの変化を、行きと戻りで連発させられる。

摩擦を肛門に練り込まれた杏珠も、喜悦の悲鳴をあげっぱなしだ。

「うぁあぅうっ……ひぐっ、ぅあっ、はぶっ、ふぅううっ！　お兄ちゃんっ、これっ、お尻っ……す、すごいよぉおっ！　ほんとは入れちゃダメな場所なのにぃいっ、どんどんエッチになっちゃうのぉおおっ！」

「入れるのと抜くのっ、どっちがいいんだっ⁉」

「抜く方っ、断然抜く方ぉっ！　身体が軽くなってぇっ、ぅわぁうって！　ふ、ふわぁあってぇっ、なっちゃうぅっ！　でもねっ、でもぉおっ！　入れられるのもっ、好きぃひっ！」

「そうかっ！」

思ったとおり、杏珠が特に悦ぶのは、排泄と紙一重の解放感なのだ。

それを強めてやりたくて、健一は指を上下左右へ傾けた。

こうやって拡張の度合いを強めれば、アナルセックスの下準備にもなるはずだ。

「んぁあああっ！　いいのっ、あたしのお尻ぃいいっ！　すっかりやらしくっ、なっちゃったぁぁあっ！」

杏珠の乱れようは、もはや牝犬姿こそ相応《ふさわ》しい。

きっと、もうペニスでもやれる。絶対、動ける。

健一は根元まで入れていた指を一息にぶっこ抜いた。

杏珠も身体の支えごと引っ張られたように、顎を浮かせ、下半身を高く掲げる。

「んひぁぁあはぁあああぁあっ⁉」

絶頂すれすれのふしだらな喘ぎ声だ。

さらに健一が離れたあとも、官能の余熱にやられてしまったらしく、うわごとめいたつぶやきを繰り返す。

「ひ、ぃ……ぁっ……すごっ、これ凄ぃっ……今、一番きついのっ……されちゃったよぉぉ……っ」

美尻も中途半端に浮いたまま、小刻みに痙攣していた。

いや、もはや「美」尻とはいえまい。

汗びっしょりになった二つの丸みに挟まれた肉穴は、拡がりきったままで、なかなか狭まれずにいる。

きっと他より硬い分、元に戻りにくいのだ。充血ぶりも、周囲の肌よりずっと赤さが目立ち、別の器官に変化したようですらあった。

そこが時間をかけてすぼまる間に、健一は急いでズボンとトランクスを脱ぐ。

アブノーマルな興奮で、彼のペニスもそそり立ち、下着の裏には我慢汁の染みが広がっていた。布に吸収されなかったヌメリは、竿の根元まで届いている。

健一は、そんな節操のない逸物の付け根を左手で握った。

さらに亀頭へ、洗面器からすくったローションを、たっぷりふりかける。

「う、くっ！」

生き物じみたヌルつきに粘膜を撫でられるや、疼きで四肢の筋肉が縮こまった。

それだけ時間を使っても、杏珠の後ろで膝立ちになれば、排泄孔がいまだ小さくなりきっていない。

おかげで鍵穴へはめ込むように、鈴口を押しつけられた。あとは息を止めて、腰をグッと出していく。

「くぐっうううっ!?」

予想に反し、肛門は男根を猛烈に搾り上げてきた。

それもそのはず、広がったとはいえ、基準はあくまで指の幅だから、より太いペニスがすんなり入れるはずはないのだ。

四方から圧《お》されて、健一は亀頭が潰れそうだった。

反射的に杏珠を見れば、挿入されかけの彼女も、シートの一部を両手で握っていた。全身を引き攣らせ、しかしそれでもヒップの位置は固定しつづけてくれる。

「ぅ……ぅうっ……ぉ、お兄……んっ、んぐっ！」

半泣きじみた声こそ漏らしてしまうものの、やめて、とは言わない。

「杏珠っ！」

奮起した健一は、括約筋に圧倒されつづけながら、亀頭を丸ごとねじ込んだ。

ズブッズブブッ！

ペニスの中で最も弱い牡粘膜の部分が、どうにか義妹の中へ納まる。

とはいえ、エラの付け根だって傷つきやすいから、太くて長い逸物を、さらに突き立てていくしかない。

「お、お、おぉおっ！」

動くほどに、竿の表皮は肛門に搦《から》め捕られて、付け根の側へ伸ばされた。裏筋とカリ首もはち切れんばかりになるが、それでもまだ、陰茎は半分ほどが外に出たままだ。

亀頭だって、指をふやかさんばかりだった高温多湿の場所にいる以上、ジリジリと茹《ゆだ》ってしまう。

だが杏珠のほうは、苦悶の陰に早くも歪な快感が潜みだしているらしかった。

「太い、よぉぉ……っ！　お兄ちゃんのっ、おち×ちんっ！　ぅううっ、指よりずっとっ、ずっとぉっ……あ、ぅううんぅうっ！」

顎を浮かせたままの痙攣によって、犬耳まで本物のようにプルプル揺らす。

「どうだ、苦しくないか……!?」

健一はつい聞いてしまった。途端に杏珠も、現実へ引き戻されたかのごとく、ビクリッとわななく。

「は、ぁう、ぅううっ！　お、お兄ちゃ……んぅううっ……！」

己の感覚を再点検するような間を置いたあと、彼女は幸せそうなかすれ声を漏らした。

「苦しいけど……ぃ、いいのぉっ！　あたしの中っ、グチャグチャで……っ、気持ちいいのと痛いのがっ……ぅまっ、ま……混ざってるっ……ぅううんっ！　お兄ちゃんがっ、先に指でいっぱいしてくれたおかげっ、だよぉっ！」

だから動いてっ、お願いっ——言外にそう続けられたようで、健一は改めてペニスをねじ込みにかかった。

「ふ……お、ぅううっ！」

「ぅぁあんっ！　は、ひぃぃあああっ！」

愛情に満ちた杏珠の言葉が、意味不明な嬌声に変わるのを聞きながら、肉棒を付け根まで入れる。

「杏珠っ……！　これで俺っ、最後まで来られた……ぞ！」

干上がった喉を震わせて教えながら、何やら「やり遂げた」気分になってしまった。

しかし、ペニス周りの伸びっぷりも最高潮で、限度を迎えたゴム紐さながら、パチンッと弾けそうな気がしてくる。

アヌスを制圧された杏珠のほうも、なかなか人語を取り戻せずにいた。

「ふぁ……ぁっ……ぁぉおっ……！　かはっ、や、はぁぁぁっ！」

「杏珠っ……今、どんな感じなんだ⁉」

健一が励ますつもりで声をかければ、杏珠はさっきより時間をかけて、どうにか返事を紡ぎ出す。

「お、おち×ちんっ……すご……ぉぉいぃいっ！　お尻っ……蓋っ、され、さっ、されちゃって、て……ぇっ……！　何かが出そぉなのに……っ、そ、外っ、出せない……のっ！　ぁ……でもぉ……ぉおっ！」

「んっ、でもっ？　どうしたっ⁉」

「いっぱい虐めてぇええっ！」

その絶叫に籠もるのは、兄への許可というよりも、さらなる刺激への欲だった。健一も一撃で胸を射抜かれる。

この場にはどうせ自分たちしかいない。誰を気にする必要もなく、妹の乱れっぷりを独り占めできるのだ。

彼は思いつく限りの卑猥な表現を、のぼせた頭で捻りだした。

「杏珠っ……この間みたいにっ……やらしくチ×ポって言ってくれっ！　俺もっ……そうだっ、今夜はお前のここをっ、尻マ×コって呼ぶからなっ!?」

そんな厚かましいアイデアを、杏珠も愛玩犬そのものの素直さで復唱する。

「うんっ！　うんっっっ！　お兄ちゃんのおっきなおチ×ポとっ！　あたしのお尻マ×コっ……セックス……！　うんっ、セックスしちゃってるんだよねっ!?」

「ああっ、俺たち二人で変態みたいなセックスしてるんだっ！」

妹にここまであられもないセリフを言わせてしまったら、休んでなんていられない。

「動くぞっ！　次は外へ出るからなっ！」

そう喚く間にも、健一は男根を抜きにかかっていた。

途端に竿の根元が軽くなり、表面の皮も桁違いに緩む。

とはいえ、断じて楽にはなっていなかった。

圧迫は、底のほうから先端へ向かって位置を変え、尿道にある我慢汁を外へ搾り出す。セットでスペルマまで呼び出したがるようだ。

健一が慌てて踏ん張れば、ペニスもいちだんと硬くなって、腸内で角度を鋭く変えた。

結果、そちら側にある菊門の縁が、竿へ一際食い込んでくる。

「つおっ、杏珠ぅうっ!」

「やっ、ぁああぁっ、お兄ちゃぁあんっ! おチ×ポがっ、おチ×ポっ……お兄ちゃんのおチ×ポぉおっ! また元気になったっ……よほぉおおっ!?」

括約筋をあらぬほうへこじ開けられた杏珠も、歓喜に身悶えていた。

これは効き目がありそうで、健一は下がる動作へ傾きを加えた。股間に力を入れて、竿が折れるのを防ぎつつ、出だしにやった「の」の字の動きで、菊門をあるべきでない幅までかき分けていく。

次の瞬間から、杏珠がいっそうの弓なりに背筋を反らした。

「ひぉおおっ!? 広がるっ、お尻マ×コっ……お兄ちゃんに壊されるうぅうっ!?」

まるで理性まで砕ける一歩手前のようなよがりようだ。

健一は動きつづけながら、唾を飛ばして彼女へ問うた。

「やめるかっ？　もっと優しいほうがっ、いいかっ!?」

「や、やだよぉおっ、やめないでぇっ！　お尻マ×コっ、お兄ちゃんのおチ×ポでいっぱい躾けてぇええっ！」

躊躇なくねだった杏珠は、急に打って変わって、詫びてもきた。

「お兄ちゃぁあんっ！　あたしっ、いやらしすぎる犬役でごめんなさいぃっ！　嫌いにならないでぇえっ!?」

「いいんだ……っ！　杏珠はエッチになってもっ、ひたすら可愛いっ！　俺っ、好きだっ、大好きだぞっ！」

「は、ぁっ、はぁああぁっ！」

一転して、彼女が明るい息を吐いた。

そこから劣情を持て余したように、自分で腰を横へ振ろうとしだす。

だが、健一からすれば、無茶なほうへ男根を捻る仕草だ。

「ぅおっ、おっ!?」

さっきも感じた、竿の部分の折れそうな不安から、彼は慌てて妹の腰を押さえつけた。

「ひゃううっ、お兄ちゃんぅううっ!?」

「すまんっ！　杏珠っ、俺に任せてくれないかっ!?」

言えば、杏珠も動くのを止めてくれた。

「うんっ！　い、いいよぉっ！　あたしっ、お兄ちゃんにやってほしいぃいっ！」

そこでちょうとペニスも、亀頭すれすれまで抜けた。健一はまたもや、欲深い肉穴へ潜行していく。ズブッ、ブッ、ブブブッ！

「つぐっ、う、うぅううっ！」

二度目であっても、男根へ押し寄せる疼きは絶大で、ペニスを圧壊させそうだった。

だが、人によっては受け入れ難《がた》い締めつけが、彼には極上の肉悦となる。

杏珠も四肢を竦ませていた。

「は、おぉおっ！　やぁおぉおおっ!?」

呻き声が長々と尾を引くうちから、健一はまたペニスを引っこ抜く。

刹那、杏珠も絶叫だ。

「ひあぁあっ！　抜けてくっ！　おチ×ポでお尻っ、捲れちゃうのぉおほっ!?」

どうやら、挿入で肥大化したマゾヒズムが、抜かれる動きで解放感へと激変するらしい。

しかも、二つの刺激が次々に入れ替わるから、乱れ方はいよいよ錯乱気味になっていく。

健一が見下ろす菊門も、妹の変化を体現するかのように、ペニスが前進するたび、腸内へ陥没してしまった。逆に後退されれば、ボコッと盛り上がる。

特に引きずり出されたときなど、穴は微細な皺を一本も残さない。内側の赤っぽい粘膜まで垣間《かいま》見せて、竿の長さが続く限り、外へ外へと擦られていくのだ。

健一も身体のあちこちを大粒の汗に撫でられつつ、被虐と加虐の切り換わる悦楽に酔いしれた。

妹の犬耳を見ていると、本当に自分たちが獣へ生まれ変わった気さえする。

しかし犬だって、快感ほしさに排泄孔を使ったりはない。自分たちがやっているのは、交尾というのも浅ましい、アブノーマルな交わりだ。

「ふぁああっ！　お兄ちゃんっ、お兄ちゃんぅうっ！　おチ×ポがっ、おチ×ポでされてるとぉおっ……き、気持ちいいのがっ、止まらなっ……や、ぅやはぁああっ!?　今のもいいっ！　今のっ、ひッ、抜かれる感じぃっ、すごくよかったぁあはっ！」

肩甲骨を浮かせる妹の後ろ姿に、健一はふと思いついて、傍らの洗面器を取り上げた。

中にはローションが残っている。それを結合部へたっぷり注ぎ、抽送のスピードを急激にアップさせる。

動きやすくなったあとは、テクニックなど置き去りにして、ぶっこ抜いてはぶっ挿した。その腰遣いたるや、柔らかな秘所に対するクライマックスと近くなっている。それにローションはぶつかった下腹が離れるたび、ヌチャヌチャと糸を引き、見た目と粘着音でも、まぐわいを下品にデコレーションした。

「ひぉぁあああっ！　お、お兄ちゃんっ、これじゃっ、む、ムズムズしちゃうよぉおっ！　杏珠のお尻っ、溶けちゃってるぅううっ!?」

透明な粘り気は、赤らむ杏珠のヒップも半ば覆っているのだ。いくつもの透明なダマは、舐めるように下へ滑っていく。これがアヌスへの暴威で悦ぶ杏珠に、こそばゆさまで植えつけた。

彼女は下半身をくねらせたがるが、いまだに兄の左手で掴まれたままだから、かえってわずかな揺れでローションを速めてしまう。

「やぁあっ！　お兄ちゃんっ、お尻っ、お尻掻いてぇえっ！　でないとあたしっ、おかしくなっちゃうよぉおっ!?」

だが、調子づいた健一は、そのリクエストに応えない。それどころか、残った粘液すべてを杏珠の背中へ振りかけた。

「は、ぁっ、んひゃぁあああっ!?」

美少女の悲鳴をBGMに、追加の汁気は括れた腰をヌメヌメと伝い、ビキニへしみ込んでいく。

「ぃやだぁぁあっ！　あたしの身体、が、ぁっ……べ、ベチャベチャぁああっ！　お兄ちゃぁあぁあんっ……こんなにいっぱいじゃっ……あたしっ、もぉ保たないよぉおおおっ！」

杏珠は腰の代わりに、華奢な肩を上下させだした。とはいえ、動くほどに悩ましくなるのは、先に汚された尻といっしょだ。

とうとう彼女の泣き叫ぶ声は、狂ったようになる。

「やぁああぁんぅうっ！　お兄ちゃんっ、許してぇええっ!?　これじゃあたしぃいいっ、きっと……ぉっ、イッてもイッても足りないのぉおうっ！」

「だったらっ……これでどうだっ!?」

義妹のもどかしさを満たしてやるため、健一は彼女の上へ身を倒した。胸板をめいっぱい密着させて、風呂場でやった洗いっこの再現だ。自分の身体を使い、ローションたっぷりな背筋を擦り上げてやる。

「ふぁあああっ！　お兄ちゃんっ、来たぁぁああっ!?」

甘えん坊な杏珠のよがり声に聞き惚れながら、グチョッ、ブチュヌチョッと、間近い粘着音でも耳を打たれた。

何より、妹の肌の瑞々しさとヌメりに、体表をねぶり返されるのが心地いい。押された乳首も甘い疼きに焼かれ、なるほど、杏珠が言うとおり、溶けはじめたような感覚だ。

しかも上半身の傾きが、ペニスの自然な角度と近くなって、竿の折れる危険まで減った。

最大速度と思っていたピストンを、もっと派手にできる。

太腿のバネは利かせづらくなっているが、そこは真下の背中を、滑走路代わりに使って補った。

杏珠も肢体を波打たせながら、健一を擦り返す。ローションのねちっこさも受け入れる。

「お兄ちゃんっ……これいいのぉおっ！　お兄ちゃんと一つになってる感じがっ、ひいいうっ！　し、幸せっ、なのぉおおっ！」

「まだだっ！　俺っ、もっとお前にしてやりたいっ！」

健一は、義妹から離れた左手をビキニへやって、カップを無理やりずり下げた。

出てきたバストはヌルつきながら、乳首の先までしこらせている。そこを好き放題に揉みはじめると、元から柔らかかったのがグニグニとたわみ、いきなり五指からこぼれそうになる。

健一もねぶり返される手の神経が、捩れんばかりに痺れた。

「くっ、おぉおおっ！」

高ぶって乳首を捻ってみたが、こちらはさっそく、指の間から転がり出てしまう。

「んきゃぁあああっ!?」

杏珠は犬耳を落としそうなほど、頭を横へ振りたくった。

その耳元に、熱く声を吹き込んでいく。

「杏珠っ、杏珠っ……愛してるっ！　このまっ、いっしょにイッてくれっ！」

途端に、じれったさを跳ねのけての返答だ。

「うんっ！　イクのっ！　イキたいのぉおおっ！　お兄ちゃんのおチ×ポと手と身体全部でぇえっ、ィ、イカせてぇええへっ!?」

「ああっ、イカせるっ！　絶対にイカせるっ！」

健一は己の届く範囲すべてを、両手でがむしゃらに撫でくった。胸だけでなく、首も、肩も、腹も。時には手のひらを浮かせ、粘液が無数に糸引く感触でも、妹の肢体を苛んだ。

「はぁあっ！　お、お兄ちゃぁんっ！　お兄ちゃんもっ、もぉグチョグチョだよねぇえっ！」

「ああっ、杏珠といっしょでグチャグチャだっ！」

抜いて挿して、引いて、押して、まさぐっては揉んで。くんずほぐれつ、全身を濡らした二人のアナルセックスは、まさしく終盤戦に突入している。

健一もペニスが極限まで張り詰め、一回ごとの往復が、昇天までのカウントダウンじみていた。達するのを後回しにできているのは、今も窮屈なアヌスに、連続で竿の根元を押さえられているおかげだ。

一方、杏珠のオルガスムスを遮《さえぎ》るものは何もなく、もつれた足で階段を駆け上るように、全速力で絶頂へ向かっている。

それどころか、彼女は不安定な体勢のままで右手を秘所へやって、自慰まで始めた。細い指が立てる水音は、ローションがニチャつく中にあってもひどく目立ち、健一に媚肉弄りの過激さを物語る。

ついには背負った健一を振り落とさんばかりに、女体を浮き沈みだ。

「ぅああっあたしぃっ、イクのぉおおっ！　お兄ちゃんにお尻マ×コ掻き回されてぇええっ！　胸も背中も滅茶苦茶にされて……ええぇひぃいんっ！　イクッ、イッちゃうぅうっ！」

「そうだっ！　イケッ。し、尻マ×コでイッてくれよっ！　杏珠っ！」

妹が果てるのを確信して、健一は全力で怒張を引っこ抜いた。次いで微塵の遠慮もなく、ありったけの力でぶっ込み直してやる。

下がる怒張は、亀頭すれすれの位置まで絞られていた。直後、竿の根元へ至るまで、ギュウギュウ、ギュウギュウとしごかれた。

白濁も尿道内でスタートを切り、括約筋の圧力を押し退《の》ける。そんな怒濤《どとう》の力強さを失わないままで、直腸目指して爆走した。

「俺もっ、ぃっ、イクっ……ぞっ！　杏珠ぅうっ！」

暴力的な肉悦で泥酔状態へ陥りながら、健一は最後に妹へ、極上の解放感を贈りたくなった。

だから、ペニスのみならず、全身をバックさせて、背中と肛門を逆撫でる。

後先考えない兄の蹂躙に、杏珠のオルガスムスの絶叫も、喉が張り裂けんばかりの大音量となった。

「ぉあはぁあぁあああひぃいっ！　やはっ、やっ、おぉぉほぉおっ、んひぁぁはぁあぁあうっ！　お、兄ちゃぁあああぁぁああんぅううっ！」

全身を硬直させて、出る間際の亀頭を潰さんばかりにかき抱き、彼女は意識の消し飛びそうな肛悦を味わう。

その尻へ、健一は前のめりのままでビュクビュクビュクッと精を飛ばした。

牡粘膜を外気に迎えられながらも、官能神経にはまだ、アヌスのきつさと直腸内の熱が、こびりついている。そこへ吐精の快楽まで来たから、一瞬、意識がホワイトアウトした。

「お、おおおぉおおっ！　杏珠ぅううっ！」

それでも間違いないと思える光景がある。

きっと、杏珠の菊座は巨根の太さへ広がったまま、元へ戻れない。ぽっかり空いたそこへ、精液は濁った噴水さながら、真っすぐ飛び込んだはずだ。

「は、ぁ……ぁああ……っ」

満足に浸りかけていると、ジョポジョポジョポッと水の落ちる正体不明の音が、ビニールシートの上で起こった。

（な、なんだ……？）

健一が息を荒げながら身を起こすと、謎はすぐに解けた。

妹がヒップを掲げたまま、お漏らししているのだ。

達している途中で直腸内にあった芯を抜かれ、筋肉が緩んだせいかもしれない。

「……杏珠っ？」

健一が声をかけても小水は続き、両膝の間に落ちていた当人の右手のひらまで濡らしてしまう。残りはシートで跳ね返って、飛び散りながら水たまりを作った。

一分ほどして、ようやく放尿は終わったが、妹が忘我の境地にいるのは変わらない。ここまで虚脱するほど、杏珠は初めての挑戦で感じてくれた。

健一は思う存分、頭を撫でてやりたくなるが、手はローションたっぷりで、髪へ触れたら汚してしまう。

なので、声音《こわね》に愛情を込めた。

「うれしょんまでするなんて、今日は本当に犬へなりきっているんだな？……頑張ったぞ、杏珠」

言葉のチョイスは酷いものだが、杏珠には気持ちが通じた。

「あ……あははぁ……っ」

首輪付きの妹は、開きっぱなしの唇から、笑うように息を吐き出していた。

＊

夢見心地から抜け出たあと、杏珠は兄に伴《ともな》われて、浴室へ入った。

あれだけ気持ちよかったローションも、乾くと硬くなってしまう。

それを健一がシャワーで優しく洗い流し、ビニールシートの始末までしてくれた。

（あにきにお任せで洗ってもらうのって、お嬢様扱いされてるみたい……。っていうか、むしろトリミング……かも？）

だが、官能の悦びが残っていると、ペット気分も悪くない。

綺麗になった杏珠は、パジャマに着替えさせられて、リビングへ移動した。

冷えたペットボトルの茶で喉を潤してから、やっと一息つける。

「うぅ、びっくりしたぁ……。お尻でやるのってヤバいね？　……あれじゃ感じすぎだよ……」

菊門に残る異物感は、処女喪失のとき以上に強い。それにシャワーを浴びたあともまだ、兄の温もりが神経に感覚として残っている。

（あたし……ローションとかお尻でイク身体になっちゃったんだなぁ……）

もうあと戻りできない。しかし、兄の手でそれを為されたと思うと、背筋がゾクゾクするほど興奮した。

健一も彼女の隣に座って、気だるく笑う。

「元々、マニアックな素質があったんじゃないか？」

「う、うっさい、ばかぁ……っ。あにきだって、夢中で腰振ってたじゃん……っ」

「ああ……まあな……」

がむしゃらなピストンを思い出したらしく、彼も照れくさそうに目を逸らした。セックスの最中は強引なくせに、素面《しらふ》だとお人好しに戻ってしまう。そんな彼の半端さが杏珠は好きだ。

「あたしたち、いいカップルになれるよね……健一？」

「え……っ？」

新しい呼び方に、健一が背もたれから跳ね起きた。

彼がマジマジと見つめてくるので、杏珠ははにかんでしまう。

「そ、そんな驚かないでよね。兄妹から恋人にランクアップしようって言ったのは、あに……じゃなかった。健一だよ？」

「けどさ、今のは不意討ちだぞ」

「それを狙ったんだもん……でもね？」

少し逡巡《しゅんじゅん》するものの、もっと恥ずかしい続きを言うことにした。

「健一の言い分もわかるけど、あたしにとって、健一はあにきでもあるんだよ。だからあに……け、健一といろいろしてるときは、変な呼び方もしちゃうけど、そっちも認めてよねっ？」

具体的には「お兄ちゃん」とか。

我ながらカッコ悪いが、前後不覚に陥ると、勝手に口を衝いて出てしまうのだ。

健一もその瞬間を思い出したらしく、ズボンの股間部分が盛り上がりかけた。

表情まで真剣になって、ジッと見つめてくる。

（……こ。これって、あにきに延長戦を求められちゃう展開……？）

そう考えた途端、杏珠も秘所が疼きだした。

待ちきれない。疲れているけど、またしてほしい。

それでも気づかぬふうを装い、彼の顔を覗き込む。

「返事は？　健一？」

途端に彼はケダモノとなって、杏珠のパジャマ姿へ飛びかかってきた。

エピローグ

杏珠と相談して決めたとおり、健一は家族が揃ったタイミングを見計らい、両親に話を切り出した。

「父さん、母さん、話があるんだ……」

改まった口調で、ふざけた内容でないとわかってもらう。

あとは、自分たちに血の繋がりがないと杏珠に教えたことから告白に及ぶまで、順を追って話しはじめた。

省吾は聞きながら、口をあんぐりと開け、目を白黒させている。

しかし美穂のほうは、出だしこそ表情を硬くしたものの、まったく意外そうではなかった。むしろ、頬へ手を当てて、困ったように言う。

「そう……そういうことになっちゃったの……。杏珠ちゃん、中学へ入った頃から、ますます健一君を好きになっていたものねぇ」

「え……っ」

これには健一も胸を衝かれたし、杏珠だって身を乗り出した。

「あたしって健一に酷いことばっかり言ってたよねっ？　なのにお母さん、あたしの気持ちに気づいてたのっ⁉」

「ええ、母親の観察力を軽く見ちゃだめよ」

美穂はごく当たり前の口調だ。

座り直しつつ、健一は義母の鋭さへ恐れ入った。

（そういえば、セックスの直後に帰ってきたことがあったっけ。次の日には杏珠とテレビ電話で話したっていうし……）

諸々《もろもろ》を事前に見抜いていたからこそ、こんなに冷静なのだろう。ともかく、伊達に企業で管理職をやっていない。

しかし、毒気を抜かれた我が子たちの前で、美穂は溜め息を吐いた。

「ここまで一度に関係が進んだのは、私も驚きなの。これって、健一君に杏珠ちゃんの採点を任せてしまった私に、責任があるわよね……」

「えっ、責任って……？　あたしたちが付き合うのに反対なの、お母さんっ⁉」

「急な賛成は……うん、しづらいかしら。だって、先が大変なのよ？　血の繋がりがないからって、あなたたちは間違いなく兄妹なんだもの」

そこで省吾も、ようやく話へ入ってきた。

「美穂さんの言うとおりだ。ご近所、友だち、学校の先生……周りの世界すべてが、二人を兄妹だと思っているんだ。交際するとなれば、色眼鏡で見られてしまう。それを乗り越えるのはかなり難しいぞ」

「わかってるよ、父さん」

健一はむしろ、次の話をしやすくなった。

「そのことで頼みがあるんだ。俺、この家を出て一人暮らししたい。一回、杏珠と真っ当な距離を取って、関係を作り直していきたい。独り暮らしの費用はバイト代を充てて……足りない分は、頼むっ。社会人になったあとで返すから、今だけ貸してほしい！」

頭を下げる健一を、省吾は片手で制した。

「金はまあ……お前の暮らす分ぐらいは出せるよ。最大の問題は、突然すぎて、僕の判断力が追いついていないことで……」

そこから考え込むように、間が空いた。

健一も杏珠も固唾《かたず》を飲んで次を待ち、やがて結論が出る。

「こうしよう。独り立ちの第一歩として、住む場所や日々の生活サイクル、その他いろいろ、企画書として纏めて、僕たちに提出してくれ。それで本気度を測る。どうかな、美穂さん？」

「そうね。私も省吾さんに賛成」

「……！　わかった、すぐに取りかかるよ！」

引き出せる譲歩は、おそらくこれが最善だ。

健一は今すぐ自室へ駆け戻って、プランに着手したかった。

杏珠も隣で声を弾ませる。

「あたしも手伝っていいよね!?」

これは、美穂が苦笑交じりに了承だ。

「杏珠ちゃんの将来にも関係することだものね」

「うん！」

妹はせっかちだから、兄と違って、話が終わるのを待たない。すぐさまソファから立ち上がる。

「行こっ！　健一っ！」

差し出された恋人の手を、健一も「ああっ！」と握り返す。

「杏珠、頑張ろうな！」

そうだ、二人で絶対に成し遂げる。

未来はきっと、明るいはずだ。

＊

それから半年が過ぎて、春になった。

杏珠は今日も、健一と駅前広場で待ち合わせをする。

兄が家を出たことで、彼女の生活も一変した。

夜、家に一人でいると無性に寂しくなるし、健一にバイトがある日は、彼と長い時間を過ごせない。

しかし何事もポジティブに捉えようと、すでに決めていた。

健一と毎日外で会えるなんて、ちょっとしたデート気分だ。

そんな心境が影響しているのだろう。この短期間でずいぶん大人っぽくなったと、友だちからも驚かれている。

（あ、来た！）

杏珠は約束の時間より十分早く、駅から出てくる兄の姿を認めた。

（杏珠、もう来てるのか……！）

健一も咲きはじめた桜の木の下に、笑顔の妹を見つけた。

そして、はち切れんばかりの愛情を胸に……。

何年もすれ違ってきた二人は互いに駆け寄るのだった。

◎本作品の内容はフィクションであり、登場する個人名や団体名は実在のものとは一切関係ありません。

◉新人作品**大募集**◉

マドンナメイト編集部では、意欲あふれる新人作品を常時募集しております。採用された作品は、本人通知のうえ当文庫より出版されることになります。

【応募要項】 未発表作品に限る。四〇〇字詰原稿用紙換算で三〇〇枚以上四〇〇枚以内。必ず梗概をお書き添えのうえ、名前・住所・電話番号を明記してお送り下さい。なお、採否にかかわらず原稿は返却いたしません。また、電話でのお問い合せはご遠慮下さい。

【送 付 先】 〒一〇一‐八四〇五 東京都千代田区神田三崎町二‐一八‐一一 マドンナ社編集部 新人作品募集係

クソ《くそ》生意気《なまいき》な妹《いもうと》がじつは超純情《ちょうじゅんじょう》で

二〇二一年 三 月 十 日 初版発行

発行◉マドンナ社
発売◉二見書房 東京都千代田区神田三崎町二‐一八‐一一
電話 〇三‐三五一五‐二三一一(代表)
郵便振替 〇〇一七〇‐四‐二六三九

著者◉伊吹泰郎【いぶき・やすろう】

印刷◉株式会社堀内印刷所 製本◉株式会社村上製本所 落丁・乱丁本はお取替えいたします。定価は、カバーに表示してあります。

ISBN978-4-576-21019-3 ◉ Printed in Japan ◉ ©Y.Ibuki 2021

Madonna Mate